AF553109

परियों की जादुई कथाएँ

जयेश चंद्र

प्रतिभा प्रतिष्ठान, नई दिल्ली

प्रकाशक : प्रतिभा प्रतिष्ठान,
694–बी, (निकट अजय मार्केट) चावड़ी बाजार, दिल्ली–110006
सर्वाधिकार : सुरक्षित / संस्करण : 2023 / मूल्य : चार सौ रुपए
मुद्रक : नरुला प्रिंटर्स, दिल्ली ISBN 978-93-80823-04-1

PARIYON KI JADUI KATHAYEN

by Shri Jayesh Chandra ₹ 400.00

Published by Pratibha Pratishthan, 694-B, (Near Ajay Market)
Chawri Bazar, Delhi-110006

अपनी बात

तिलिस्मी, जादुई और रहस्यमयी कथाएँ बच्चों को एक अलग ही दुनिया में ले जाती हैं, जहाँ बच्चे एक अनूठे रोमांच का अनुभव करने लगते हैं। कुछ ऐसी ही रोचक और मनोरंजक परियों की कथाओं को हमने इस पुस्तक में संगृहीत करने का प्रयास किया है। विश्वप्रसिद्ध परियों की रोचक कथाओं के प्रस्तुतीकरण में सरल भाषा तथा सुंदर चित्रों का उपयोग किया है, जिससे पुस्तक को मनोरंजक के साथ-साथ सुंदर एवं आकर्षक भी बनाया जा सके। परियों की रोचक कथाओं का संग्रह आपके हाथों में है। अतः आप स्वयं ही निर्णय करें कि ये परी कथाएँ आपको कैसी लगीं।

कहाँ क्या है?

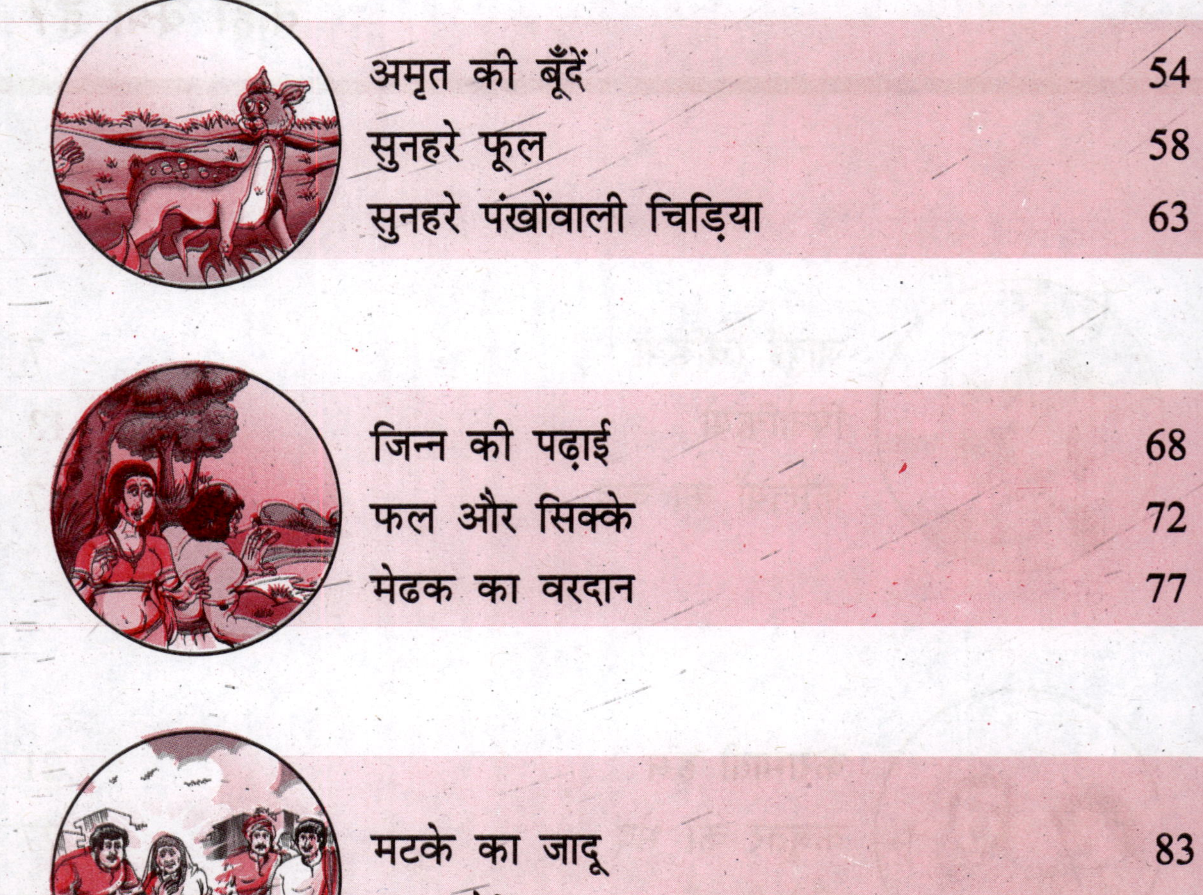

जादुई चिड़िया

एक खूबसूरत लड़की थी, जिसका नाम फ्लोरीन था। वह राजा की बेटी थी। फ्लोरीन के माता-पिता उसे बहुत प्यार करते थे। दुर्भाग्य से एक दिन फ्लोरीन की माँ का देहांत हो गया और राजा ने दूसरा विवाह कर लिया।

कुछ समय बाद दूसरी रानी ने मोना नाम की एक बच्ची को जन्म दिया। फ्लोरीन जितनी सुंदर थी, मोना उतनी ही बदसूरत। फ्लोरीन की सौतेली माँ और बहन उससे बहुत ईर्ष्या करती थीं। समय के साथ-साथ दोनों बहनें बड़ी होने लगीं।

एक दिन दूसरे राज्य से कोई राजकुमार मोना से शादी करने के लिए आया, लेकिन जब उसने फ्लोरीन को देखा तो उसने मोना से शादी करने से इनकार कर दिया। राजकुमार ने मन-ही-मन निश्चय कर लिया कि वह फ्लोरीन से ही विवाह करेगा। इस बात का पता जब रानी को चला तो उसने फ्लोरीन को एक ऊँची मीनार में बंद कर दिया।

एक दिन दुष्ट रानी ने मोना से मिलवाने के लिए राजकुमार को मीनार की खिड़की पर बुलवा लिया। अँधेरा होने के कारण राजकुमार ने मोना को फ्लोरीन समझकर उससे प्यार का इजहार करते हुए शादी के 'हाँ' कह दी।

रानी मोना और राजकुमार को सूसियो नाम की जादूगरनी के पास ले गई। जादूगरनी से बचने के लिए राजकुमार ने जैसे ही भागने की कोशिश की, तो जादूगरनी ने उसे नीली चिड़िया बना दिया। अब बेचारा राजकुमार चीं-चीं करता हुआ वहाँ से उड़ गया।

फ्लोरीन भी मन-ही-मन राजकुमार से प्रेम करने लगी थी। उसे डर था कि कहीं राजकुमार ने मोना से शादी न कर ली हो। तभी एक दिन नीली चिड़िया मीनार की खिड़की के पास आकर गीत गाने लगी। गीत सुनकर फ्लोरीन समझ गई कि दुष्ट जादूगरनी ने ही राजकुमार को नीली

चिड़िया बना दिया है। नीली चिड़िया और फ्लोरीन प्रतिदिन घंटों बातें करते थे।

एक दिन दुष्ट रानी को सबकुछ पता चल गया और उसने पेड़ की शाखाओं पर काँच के टुकड़े चिपकाने का आदेश दे दिया।

दूसरे दिन जब नीली चिड़िया फ्लोरीन से मिलने आई तो काँच के टुकड़ों से उसके पंख कट गए। नीली चिड़िया जमीन पर गिरकर बुरी तरह कराहने लगी। तभी उधर से एक जादूगर आया और उसने नीली चिड़िया को उठा लिया। जादूगर ने नीली चिड़िया को अपने जादू से स्वस्थ कर दिया।

राजकुमार को फ्लोरीन पर संदेह होने लगा। लेकिन फ्लोरीन का रो-रोकर बुरा हाल था। वह खिड़की पर खड़े होकर यही कहती, 'नीली चिड़िया ! तुम कहाँ हो? मेरे पास आ जाओ, मैं तुम्हारा इंतजार कर रही हूँ। मैं तुम्हारे बिना जीवित नहीं रह सकती।'

कुछ समय बाद दुष्ट रानी ने राजा को भोजन में जहर देकर मार दिया। अब प्रजा उसके अत्याचारों से तंग आ गई और रानी से विद्रोह करके फ्लोरीन को राज्य की रानी बना दिया।

फ्लोरीन को अब भी राजकुमार का इंतजार था।

एक दिन वह जादूगर सूसियो जादूगरनी के पास गया और उससे राजकुमार को अपना असली रूप देने की प्रार्थना करने लगा।

जादूगरनी बोली, "जब तक राजकुमार मोना से शादी करने के

लिए हाँ नहीं कहेगा, तब तक मैं उसे असली रूप में नहीं ला सकती।"

जादूगरनी की बात सुनकर जादूगर ने राजकुमार को मोना से शादी करने के लिए मना लिया।

जैसे ही राजकुमारी ने मोना से शादी करने के लिए हाँ कहा, जादूगरनी ने उसे उसका असली रूप दे दिया।

जब फ्लोरीन को मोना की शादी के विषय में पता चला तो उसने मोना से मिलने का निश्चय कर लिया। फ्लोरीन को गूँजनेवाले कमरे की याद आ गई। गूँजने वाले कमरे के ऊपर ही राजकुमार का कमरा था।

फ्लोरीन ने मोना से कहा, "यदि आज की रात तुम मुझे गूँजनेवाले कमरे में सोने दो तो मैं तुम्हें अपने खूबसूरत बाजूबंद दे सकती हूँ।"

बाजूबंद को पाने के लालच में मोना ने फ्लोरीन को गूँजनेवाले कमरे में सुला दिया।

रात को राजकुमार अपने बिस्तर पर लेटा था, तभी फ्लोरीन ने चिल्लाकर कहा, "अरे राजकुमार! बताओ, तुमने मुझे धोखा क्यों दिया? मैंने तुम्हारे लिए कितने कष्ट सहे, लेकिन तुम मुझे छोड़कर मोना से शादी क्यों कर रहे हो? कम-से-कम मेरा अपराध तो बता दो। तुमने मुझसे प्रेम का इजहार किया। यदि तुम्हें मुझसे शादी नहीं करनी थी, तो मुझसे झूठा वादा क्यों किया?"

फ्लोरीन की आवाज सुनकर राजकुमार गूँजनेवाले कमरे में आ गया। दोनों गले मिलकर रोने लगे। फ्लोरीन को अभी भी राजकुमार पर

संदेह हो रहा था। तभी जादूगर अपने साथ एक परी को लेकर आया और फ्लोरीन को राजकुमार की दुःख भरी कहानी सुनाई। सच्चाई जान लेने के बाद फ्लोरीन की गलतफहमी दूर हो गई। जादूगर और परी ने राजकुमार के साथ फ्लोरीन को किसी सुरक्षित स्थान पर भेज दिया तथा उनकी सहायता करने का वचन दिया।

दूसरे दिन राजकुमार ने फ्लोरीन से विवाह कर लिया। जब मोना को राजकुमार के विवाह का पता चला तो वह तुरंत राजकुमार से मिलने चली आई। परी ने धोखेबाज मोना को अपने जादू से तीतर बना दिया। तीतर बनने के बाद मोना बहुत रोई, किंतु परी ने उसे माफ कर दिया।

इस प्रकार मोना को अपनी करनी का फल मिल गया। राजकुमार और फ्लोरीन हँसी-खुशी रहने लगे। इसके बाद जादूगर और परी ने मिलकर जादूगरनी की सभी जादुई शक्तियाँ समाप्त कर दीं। अब राजकुमार और फ्लोरीन के मन से दुष्ट जादूगरनी का भय निकल गया था।

पिनोकियो

किसी शहर में एक बढ़ई रहता था। उसका नाम गेपेटो था। वह लकड़ी की बहुत सुंदर-सुंदर वस्तुएँ बनाने में निपुण था। एक दिन उसने लकड़ी का बहुत सुंदर पुतला बनाया और उसका नाम 'पिनोकियो' रख दिया।

एक दिन पिनोकियो उछलकर गेपेटो की गोद में चढ़ गया और नाचने-कूदने लगा। पिनोकियो को जीवित देखकर गेपेटो बहुत खुश हुआ और उसके आश्चर्य का ठिकाना नहीं रहा। गेपेटो बाजार गया और पिनोकियो के लिए टोपी, जूते और सुंदर-सुंदर कपड़े ले आया।

गेपेटो पिनोकियो को पढ़ा-लिखाकर एक अच्छा लड़का बनाना चाहता था।

दूसरे दिन किताबें लेकर पिनोकियो स्कूल के लिए चल दिया। वह थोड़ी दूर ही गया था कि उसने सोने के पाँच सिक्के देखे। पिनोकियो ने वे सिक्के उठा लिये और अपने पिता को देने का निश्चय कर लिया। पिनोकियो ने सोचा कि इन सिक्कों से उसके पिता की गरीबी दूर हो जाएगी और वे आराम से जिंदगी बिता सकेंगे।

थोड़ी दूर चलने पर पिनोकियो की नजर अंधी बिल्ली और घायल लोमड़ी पर पड़ी। वे दोनों किसी को लूटने के लिए छिपकर बैठी थीं।

लोमड़ी ने कहा, "पिनोकियो, तुम कैसे हो? कहाँ जा रहे हो? क्या तुम नहीं जानते कि नदी के पास एक जादुई खेत है। यदि तुम उसमें सोने का एक सिक्का डालोगे तो वहाँ पर सोने के सिक्कों से भरा पेड़ उग आएगा। तुम्हारे एक सोने का सिक्का हजार सिक्कों में बदल जाएगा।"

भोला-भाला पिनोकियो दुष्ट लोमड़ी व बिल्ली की बातों में आ गया और नदी की ओर चल दिया। पिनोकियो तेज गति से भागा जा रहा था कि उसे जंगल में बिल्ली और लोमड़ी ने घेर लिया। पिनोकियो उन दोनों के चंगुल से निकलकर भाग ही रहा था कि एक पत्थर से टकराकर जमीन पर गिर पड़ा। पिनोकियो बुरी तरह से काँपने लगा और उसका प्रत्येक अंग हिलने लगा।

लोमड़ी और बिल्ली भी पिनोकियो का पीछा कर रही थीं। पिनोकियो बुरी तरह से डरा हुआ था कि अब लोमड़ी व बिल्ली से उसे कोई नहीं बचा सकता।

तभी वहाँ एक परी आई, जिसके नीले बाल और मोम के समान सफेद चेहरा था। उसने प्यार से पिनोकियो को उठाया और बोली, "पिनोकियो, ये सोने के सिक्के अपने पिता के पास ले जा रहे हो?"

पिनोकियो बहुत चालाक था। पैसे उसकी जेब में होते हुए भी उसने परी से झूठ बोल दिया कि उसके पैसे तो खो गए। उसके झूठ बोलने के साथ पिनोकियो की नाक इतनी लंबी हो गई कि उसे गरदन घुमाने में भी कठिनाई होने लगी। पिनोकियो को अपनी लंबी नाक

देखकर बहुत दुःख हुआ। लेकिन उसकी समझ में कुछ भी नहीं आया कि उसकी नाक लंबी क्यों हुई?

पिनोकियो को दुःखी देखकर परी हँसने लगी और बोली, "पिनोकियो, मैं तुम्हारे झूठ बोलने पर हँस रही हूँ। तुम्हारे झूठ बोलने के कारण ही तुम्हारी नाक लंबी हुई है।"

सच्चाई का पता चलने पर पिनोकियो ने परी से माफी माँगते हुए कहा कि वह भविष्य में कभी झूठ नहीं बोलेगा।

परी को पिनोकियो पर दया आ गई और उसने उसे माफ कर दिया। परी ने तीन बार ताली बजाई और फिर पिनोकियो की नाक पहले जैसी हो गई।

परी से पिनोकियो बोला, "शुक्रिया, दुष्ट लोगों की सलाह मानकर मैं बहुत बड़ी मुसीबत में पड़ गया था। अगर आप न होतीं तो मैं निश्चित ही मर जाता। मैं अपने पिता के घर में पूरी तरह से सुरक्षित था। यदि मैं स्कूल के लिए नहीं जाता तो मुसीबत में ही नहीं पड़ता।"

परी पिनाकियो से बोली, "नहीं, ऐसा मत कहो, बच्चे पढ़-लिखकर ही तो निडर और अच्छे इनसान बनते हैं।"

पिनोकियो ने परी से वादा किया कि वह अच्छा लड़का बनेगा और खूब मन लगाकर पढ़ेगा।

पिनोकियो वास्तव में एक सुंदर और पढ़ा-लिखा लड़का बनना चाहता था। परी पिनोकियो के दिल की बात समझ गई।

परी ने जैसे ही ताली बजाई तो पिनोकियो लकड़ी के पुतले से एक सुंदर बालक बन गया। पिनोकियो ने परी को धन्यवाद कहा और खुश होकर अपने घर चला गया।

पिनोकियो को एक सुंदर बालक के रूप में देखकर उसके पिता बहुत खुश हुए। पिनोकियो के पिता ने भी परी को मन-ही-मन धन्यवाद दिया।

अब पिनोकियो प्रतिदिन स्कूल जाता और मन लगाकर पढ़ाई करता था। धीरे-धीरे पिनोकियो बड़ा होकर एक होनहार और निडर बालक बन गया।

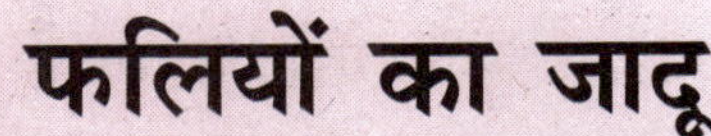

फलियों का जादू

जैकी एक गरीब परिवार में पैदा हुआ था। बचपन में ही उसके पिता का देहांत हो चुका था। परिवार में जैकी अपनी माँ के साथ ही रहता था। उसकी माँ सिलाई करके घर का खर्च चलाती थीं। जैकी बगीचे और गाय की देखभाल किया करता था।

एक दिन उनके घर में खाने को अन्न का एक दाना भी नहीं था। जैकी की माँ ने उससे कहा, ''देखो जैकी, हम अपना ही पेट ठीक से नहीं भर पाते तो इस गाय को घास कहाँ से खिला पाएँगे। तुम गाय को बाजार में जाकर बेच आओ, ताकि कुछ दिन घर का खर्च चल सके।''

जैकी गाय के गले में रस्सी बाँधकर शहर में बेचने के लिए चल दिया। गाय की रस्सी का एक सिरा जैकी ने अपने हाथ में पकड़ रखा था।

जैकी दुःखी होकर गाय को बेचने जा रहा था। जैकी को उदास देखकर एक परी बुढ़िया का रूप बनाकर उसके पास आई और बोली, ''बेटा, इस गाय को मुझे दे दो। मैं इसे सँभालकर रखूँगी। गाय के बदले ये कुछ सेम की फलियाँ ले जाओ। इनका इस्तेमाल करने से तुम उस खजाने को प्राप्त कर लोगे, जिसे एक राक्षस ने चुरा लिया था। उस खजाने को पाकर तुम बहुत धनवान हो जाओगे।''

जैकी ने बुढ़िया से सेम की फलियाँ लेकर उसे गाय दे दी।

सेम की फलियाँ लेकर जैकी खुशी-खुशी घर लौट आया। जब जैकी की माँ को यह पता चला कि वह सेम की फलियों के बदले में गाय बेचकर आया है तो वह बहुत क्रोधित हुई और बोली, "अरे मूर्ख लड़के! तेरी ही बेवकूफी के कारण हमें आज भी भूखे ही सोना पड़ेगा। क्या तुझे पता नहीं कि घर में खाने के लिए अन्न का एक दाना भी नहीं है।"

इतना कहकर जैकी की माँ ने सेम की सारी फलियाँ खिड़की से बाहर फेंक दीं।

सुबह जब जैकी सोकर उठा तो उसने देखा कि वे फलियाँ एक ही रात में इतनी बड़ी हो गईं कि आकाश को छूने लगीं। तब जैकी को पता चला कि वे फलियाँ जादुई थीं, जो उसे बुढ़िया ने दी थीं। जैकी ने सोचा कि खजाना सचमुच ही बेल के ऊपर है। जब उसे वह खजाना मिल जाएगा तो उसकी माँ बहुत खुश हो जाएगी।

जैकी पहली पत्ती पर पैर रखकर बेल की आखिरी पत्ती तक चढ़ गया, तो जैकी को एक हवेली दिखाई दी, जिसमें राक्षस रहता था। जैकी ने खिड़की से झाँककर देखा तो राक्षस बैठा हुआ संगीत सुन रहा था। राक्षस के सामने एक मुरगी सोने के अंडे दे रही थी। उस मुरगी को देखकर जैकी सोचने लगा कि यदि यह मुरगी मेरे घर में होती तो हमारी गरीबी दूर हो जाती और हम भी दूसरों की तरह धनवान हो जाते।

जैकी महल के अंदर आ गया और बोला, "राक्षसराज, कुछ दिन

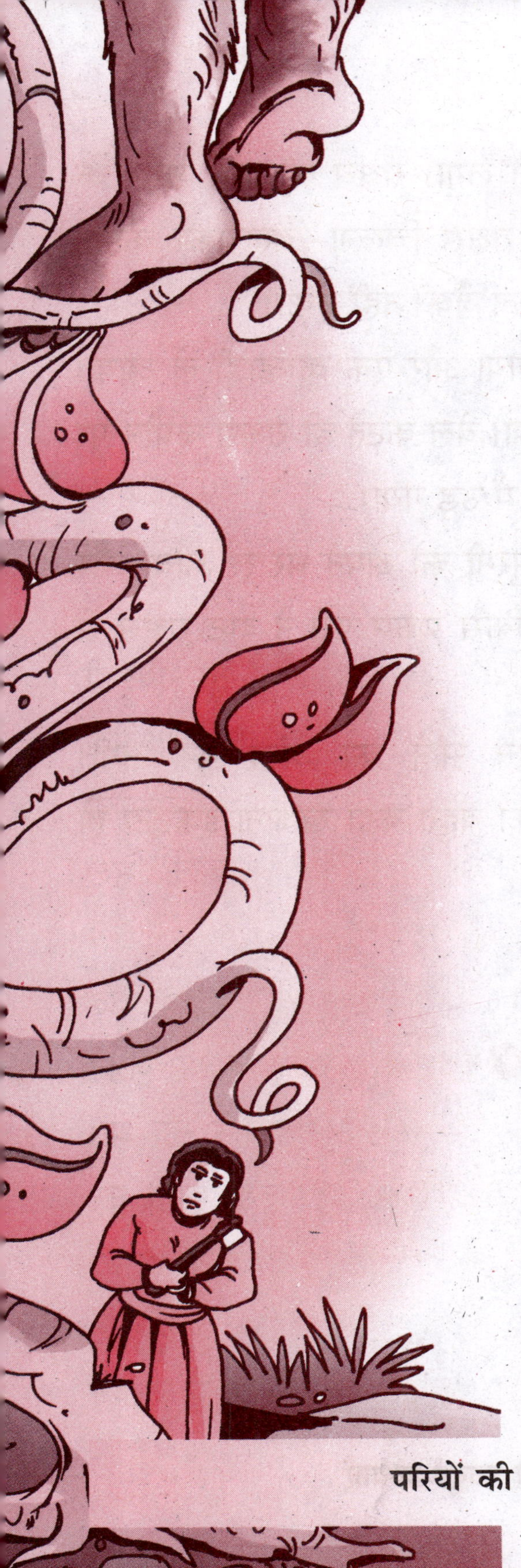

के लिए सोने के अंडे देने वाली मुरगी मुझे उधार दे दीजिए। जब हमारी गरीबी दूर हो जाएगी तो मैं आपको आपकी मुरगी लौटा दूँगा।''

राक्षस ने जैकी की बात का कोई उत्तर नहीं दिया, बल्कि राक्षस ने झपटकर जैकी को पकड़ लिया और उसे भूनने के लिए तंदूर के पास ले गया। तभी परी ने अपनी छड़ी इस प्रकार घुमाई कि राक्षस को दिखाई देना बंद हो गया और जैकी फुरती से मुरगी उठाकर बेल से नीचे उतरने लगा।

कुछ ही देर में जब राक्षस को मुरगी दिखाई नहीं दी तो उसने खिड़की से झाँककर नीचे देखा। जैकी मुरगी को बगल में दबाकर जल्दी-जल्दी बेल से नीचे उतर रहा था। राक्षस ने खिड़की से कूदकर

बेल को पकड़ लिया और नीचे उतरने लगा। राक्षस के भारी शरीर के कारण बेल इधर-उधर हिलने लगी। राक्षस चिल्ला-चिल्लाकर कहता रहा–"रुक जाओ, रुक जाओ।" लेकिन जैकी नहीं रुका।

जैकी शीघ्र ही जमीन पर उतर गया और एक कुल्हाड़ी ले आया। जैकी ने कुल्हाड़ी से बेल को काट दिया। बेल कटते ही राक्षस जमीन पर गिरकर मर गया और धुआँ बनकर हवा में उड़ गया।

जैकी सोने के अंडे देने वाली मुरगी को अपने घर ले आया और अपनी माँ को सारी बात बता दी कि किस प्रकार परी ने दुष्ट राक्षस से उसकी जान बचाई।

इस प्रकार वह मुरगी प्रतिदिन सोने का अंडा देने लगी। देखते-ही-देखते जैकी के पास धन का बहुत बड़ा खजाना इकट्ठा हो गया।

करामाती हंस

शिकार खेलना राजा-महाराजाओं का शौक होता है। एक समय शिकार करने गया एक राजा जंगल में रास्ता भटक गया और अपने सैनिकों से बिछुड़ गया। राजा ने जंगल से बाहर निकलने की बहुत कोशिश की, किंतु सफलता नहीं मिली। रास्ते में उसे एक बूढ़ी जादूगरनी मिली। वह राजा से बोली, ''मैं तुम्हें जंगल से बाहर निकलने का रास्ता बता सकती हूँ, लेकिन तुम्हें पहले मेरी बेटी से विवाह करना होगा। मेरी बेटी सुंदर और सुशील है तथा हर प्रकार से तुम्हारे योग्य है।''

राजा के पास जंगल से बाहर निकलने का और कोई उपाय नहीं था, इसलिए राजा ने बुढ़िया की पुत्री से विवाह कर लिया और फिर राजा अपनी नई पत्नी के साथ राजधानी लौट आया।

पहली रानी के छह पुत्र और एक पुत्री थी, जिन्हें राजा अपनी जान से भी अधिक प्रेम करता था। राजा को विश्वास था कि उसके मासूम बच्चों को दूसरी रानी के दुर्व्यवहार का शिकार बनना पड़ सकता है, इसलिए बच्चों को जंगल में बनी हवेली में छोड़ दिया। बच्चों की देखभाल के लिए दास-दासियाँ भी रख दीं। राजा अवसर मिलते ही बच्चों से मिलने चला जाता था।

दूसरी रानी बहुत दुष्ट थी, उसको राजा पर संदेह होने लगा कि

आखिर राजा कहाँ जाता है। जब तक रानी ने बच्चों की सच्चाई जान नहीं ली, उसे चैन नहीं मिला। दुष्ट रानी ने बच्चों से छुटकारा पाने के लिए जादुई धागे से सात कमीजें बनाईं और उन्हें लेकर हवेली की ओर चल दी। बच्चों ने जब किसी के आने की आहट सुनी तो उन्होंने सोचा कि उनका पिता उनसे मिलने आया है। बच्चे खुशी-खुशी हवेली से बाहर आ गए। दुष्ट रानी ने बच्चों को दूर से देखकर उनके ऊपर जादुई कमीजें फेंक दीं। कमीजों को छूते ही राजा के छह पुत्र हंस बन गए और पंख फड़फड़ाकर जंगल में उड़ गए।

रानी ने सोचा कि बच्चों से छुटकारा मिल गया। अब वह बहुत खुश थी। लेकिन राजा की पुत्री उस समय हवेली में रह गई और हंसिनी न बन सकी।

दूसरे दिन जब राजा बच्चों से मिलने आया तो उसकी पुत्री ने सारी बात बता दी। राजा ने अपनी पुत्री को महल में ले जाने की बहुत कोशिश की, किंतु उसने इनकार कर दिया। वह बोली, ''वह अपने भाइयों की खोज करेगी और उन्हें अपने साथ लेकर ही महल में लौटेगी।''

पुत्री का दृढ़ निश्चय सुनकर राजा अकेला ही महल लौट आया।

पिता के चले जाने पर वह अकेले में बैठकर रोने लगी। तभी उसने देखा कि एक परी सफेद कपड़े पहने हुए उसके सामने खड़ी थी। परी को उस पर दया आ गई और उसने लड़की की मदद करने का निश्चय किया।

परी के छड़ी घुमाते ही वह लड़की एक झोंपड़ी के सामने पहुँच गई। लड़की ने खिड़की से झाँककर देखा, वहाँ पर छह बिस्तर बिछे हुए थे। लड़की खिड़की से कूदकर झोंपड़ी के अंदर आई और बिस्तर के नीचे छिप गई। उसने रात वहीं पर बिताने का निश्चय कर लिया।

शाम हो गई थी और खिड़की के रास्ते से छह हंस अंदर आए। उन हंसों ने इस प्रकार अँगड़ाई ली कि उनकी हंस की खाल उतर गई और वे अपने असली रूप में आ गए। उस लड़की ने अपने भाइयों को पहचान लिया और बिस्तर के नीचे से निकलकर भाइयों से मिलकर रोने लगी।

भाइयों ने अपनी बहन से कहा, ''हम एक दिन में केवल पंद्रह मिनट के लिए ही हंस की खाल उतारकर मानव के रूप में आ सकते हैं। बाकी समय तो हमें हंस के रूप में ही रहना पड़ता है। यह स्थान डाकुओं का ठिकाना है। अब डाकुओं के आने का समय हो रहा है। तुम शीघ्र ही वापस लौट जाओ। यदि डाकुओं ने देख लिया तो वे तुम्हें जान से मार डालेंगे।'' कहकर भाई हंस बनकर उड़ते हुए दूर चले गए और बहन रोने लगी।

लड़की को रोते देखकर वह परी बोली, ''बेटी, तुम्हारे भाइयों को मानव योनि में लाने का एक तरीका है, लेकिन वह बहुत ही मुश्किल है। तुम्हें छह साल तक अपनी जुबान बंद रखनी होगी। तुम हँस भी नहीं सकती हो। तुम अपने भाइयों के लिए गुलदाउदी के फूलों से कमीजें सिलो। यदि तुम छह सालों में एक बार भी बोली तो तुम्हारी सारी मेहनत

बेकार हो जाएगी।'' इतना कहकर परी अदृश्य हो गई।

इसके बाद लड़की एक पेड़ के नीचे जाकर बैठ गई। रोज गुलदाउदी के फूलों को इकट्ठा करके कमीजें सिलने लगी। लड़की के लिए छह साल काटना बहुत मुश्किल था। लेकिन उसने भाइयों को बचाने के लिए न बोलने की शपथ ली।

कुछ दिन बाद एक राजकुमार उधर आया। उसने लड़की से बात करने की बहुत कोशिश की, किंतु लड़की बिना बोले ही गरदन हिलाकर जवाब दे देती। राजकुमार लड़की के रूप पर मोहित हो चुका था। वह उसे अपने महल में ले गया और उसके साथ विवाह कर लिया।

राजकुमार की सौतेली माँ उस लड़की को बिलकुल भी पसंद नहीं

करती थी। वह लड़की सिर्फ मौन रहकर कमीजें सिलती रहती थी। राजकुमार की सौतेली माँ उस लड़की के खिलाफ राज़ा के कान भरती रहती थी।

एक दिन राजा ने सच्चाई का पता लगाने के लिए उस लड़की को जिंदा जलाने का आदेश दिया।

सौभाग्य से जिस दिन लड़की को मृत्युदंड दिया जाना था, उसी दिन मौन रहने का आखिरी दिन था। लड़की ने कमीजें भी सिलकर तैयार कर ली थीं। जब लड़की को मृत्युदंड के लिए ले जा रहे थे, तब परी ने अदृश्य रूप से छड़ी घुमाकर सारी कमीजें छह हंसों के शरीर से स्पर्श करा दीं। कमीजों के स्पर्श होते ही छह हंस अपने असली रूप में आ गए।

छह भाइयों ने अपनी बहन को बचाने के लिए राजा को सारी बातें बता दीं। राजा ने लड़की की सजा माफ कर दी। सारे भाई अपनी बहन से मिलकर बहुत खुश हुए। सभी बहन-भाइयों ने परी को धन्यवाद दिया और सभी अपने महल में वापस आ गए।

कबूतर का भेद

एक गरीब लड़की थी। अपना पेट भरने के लिए उसे नौकरी करनी पड़ती थी। एक दिन वह अपने माता-पिता के साथ दूसरे गाँव में जा रही थी। दुर्भाग्य से जब वे सब एक जंगल से गुजर रहे थे तो उन्हें कुछ डाकुओं ने घेर लिया। संयोग से वह लड़की भागने में सफल हो गई, लेकिन उसके परिवार को डाकुओं ने मार डाला।

उस लड़की ने जंगल से निकलने की बहुत कोशिश की, परंतु उसे सफलता नहीं मिली।

वह लड़की थककर एक पेड़ के नीचे बैठकर सोचने लगी, मैं भी कितनी बदकिस्मत हूँ। अपने गाँव में कितने सुख से रहती थी, लेकिन अब मेरे पास यहाँ कोई नहीं है। सोचते-सोचते उसे नींद आ गई।

जैसे ही लड़की को नींद आने लगी, तो सपने में उसे एक परी दिखाई दी। वह परी बोली, ''पुत्री, मुसीबत के समय एक-दूसरे की सहायता करनी चाहिए। यदि तुम एक कबूतर की मदद करोगी तो वह तुम्हारी सहायता करेगा।'' इतना कहकर परी अदृश्य हो गई।

कुछ ही देर में लड़की की नींद खुली तो उसने देखा कि एक कबूतर अपनी चोंच में चाबी लिये उसके सामने खड़ा है। लड़की को कबूतर ने चाबी देते हुए कहा, ''तुम्हारे सामने एक बहुत बड़ा पेड़ है। उस

पेड़ के तने में जो ताला लगा है, उसे इस चाबी से खोल लो। वहाँ तुम्हारे लिए खाना रखा हुआ है।''

लड़की को बहुत भूख लगी थी। खाने का नाम सुनते ही उसके मुँह में पानी आ गया।

लड़की उस पेड़ के पास गई और चाबी से ताला खोला। लड़की ने देखा कि वहाँ रोटी और एक गिलास में दूध रखा हुआ था। लड़की ने दूध और रोटी खाकर अपनी भूख शांत की।

दिन भर जंगल में भटकने के कारण लड़की को थकान के कारण नींद आ रही थी। तभी कबूतर दूसरी चाबी लेकर आ गया। कबूतर ने दूसरे पेड़ की ओर इशारा करते हुए लड़की से कहा, ''उस पेड़ पर जाकर ताला खोल लो। वहाँ तुम्हारे लिए बिस्तर बिछा है। वहाँ तुम आराम से सो जाओ।''

लड़की ने चाबी से ताला खोला और बिस्तर पर आराम से सो गई। उस रात वह लड़की चैन की नींद सोई। सुबह सोकर उठी तो कबूतर फिर चाबी लेकर आ गया और बोला, ''इस चाबी से उस पेड़ पर जो ताला लगा है, उसे खोल लो, वहाँ पर तुम्हारे लिए ढेर सारे अच्छे-अच्छे कपड़े, गहने हैं; उन्हें पहनकर तुम बिलकुल राजकुमारी लगोगी।''

लड़की ने चाबी से ताला खोलकर कपड़े और गहने निकाल लिये।

कबूतर उस लड़की की प्रत्येक आवश्यकता को पूरा करता था। लड़की हमेशा कबूतर के अहसान का बदला चुकाने के विषय में ही सोचती रहती थी।

एक दिन कबूतर लड़की से बोला, ''यदि तुम मेरा एक काम कर दो तो मैं तुम्हारा अहसान कभी नहीं भूलूँगा। उस पेड़ के पीछे एक घर है। उस घर में एक बुढ़िया रहती है। तुम वहाँ जाओ, लेकिन बुढ़िया से कुछ मत बोलना। वहाँ सामने कमरे में बहुत कीमती अँगूठियाँ रखी हुई हैं। तुम उन अँगूठियों में से सबसे सादा अँगूठी निकालकर मेरे पास आ जाना।''

कबूतर उस लड़की को बुढ़िया के घर ले गया। बुढ़िया लड़की को देखकर बोली, ''मेरी प्यारी बेटी, तुम कैसी हो और यहाँ क्यों आई हो?''

लड़की ने बुढ़िया की बात का कोई उत्तर नहीं दिया और कमरे में जाकर अँगूठी खोजने लगी। अँगूठियों की चमक से सारा कमरा प्रकाशित हो रहा था। लड़की को वह सादी अँगूठी कहीं नहीं मिली।

अँगूठी न मिलने पर लड़की उदास हो गई। तभी उसकी नजर बुढ़िया पर पड़ी। बुढ़िया के हाथ में एक पिंजरा था। पिंजरे में एक चिड़िया थी और चिड़िया की चोंच में एक चाबी थी। बुढ़िया उस पिंजरे को लेकर भागने की कोशिश कर रही थी।

लड़की बुढ़िया की चालाकी समझ गई और उसने दौड़कर बुढ़िया के हाथ से पिंजरा छीन लिया। लड़की ने जल्दी से पिंजरा खोला और चिड़िया की चोंच से चाबी निकाल ली। लड़की तेजी से दौड़कर उसी पेड़ के नीचे आ गई। लड़की बहुत देर तक चाबी लेकर बैठी रही, किंतु कबूतर वहाँ नहीं आया। यह देखकर लड़की को बहुत दुःख हुआ। तभी लड़की ने देखा कि पेड़ की शाखाएँ कोमल होकर नीचे की ओर झुक

रही हैं। पेड़ की शाखाओं ने लड़की को धीरे-धीरे अपने आलिंगन में ले लिया। लड़की ने गरदन उठाकर ऊपर देखा तो वह पेड़ एक सुंदर राजकुमार के रूप में बदल गया।

राजकुमार ने लड़की से कहा, "तुमने मुझे उस दुष्ट बुढ़िया के जादू से छुटकारा दिलाया है। मैं तुम्हारा अहसान कभी नहीं भूल सकता। वह मुझे सिर्फ दो घंटे के लिए ही कबूतर बनाती थी। यदि तुम मुझे चाबी लाकर नहीं देतीं तो मुझे कभी भी अपना असली रूप प्राप्त नहीं होता।"

तभी उस लड़की को परी की याद आ गई, जिसने उससे कबूतर की मदद करने के लिए कहा था। लड़की ने देखा कि वही परी उसके सामने खड़ी हँस रही है। लड़की ने परी का धन्यवाद किया। परी खुश होकर उन दोनों को सुखी होने का आशीर्वाद देकर अदृश्य हो गई।

वह युवक वास्तव में एक राजकुमार था। वह उस लड़की को अपने महल में ले गया और दोनों ने विवाह कर लिया। विवाह के बाद दोनों आनंदपूर्वक रहने लगे।

सौतेली माँ

बहुत पहले की बात है। एक गाँव में दो भाई-बहन रहते थे। बचपन में उनकी माँ का देहांत हो गया था। उनके पिता ने दूसरा विवाह कर लिया। उनकी सौतेली माँ उन्हें तनिक भी प्यार नहीं करती थी। वह सारा काम बच्चों से कराती और उनकी खूब पिटाई करती। उन्हें भरपेट खाना भी नहीं देती थी।

सौतेली माँ के अत्याचारों से तंग आकर दोनों बच्चे घर छोड़कर भाग गए। भागते-भागते वे एक जंगल में पहुँच गए। शाम होते ही जंगली जानवरों की आवाजें सुनकर वे डर गए। डर के कारण पेड़ के खोखले तने में छिपकर बैठ गए।

थकान के कारण उन्हें नींद आ गई। सुबह जब सोकर उठे तो आसमान में सूरज चमकने लगा।

भाई ने कहा, ''बहन, मुझे प्यास लगी है। कल-कल की आवाज से लगता है कि अवश्य ही यहीं-कहीं पानी का कोई झरना होगा। चलो, पानी पीकर पहले प्यास बुझा लें।''

कुछ ही देर में दोनों ने पानी का झरना खोज लिया। भाई पानी पीने के लिए जैसे ही नीचे झुका तो एक आवाज सुनाई दी-''सुनो-सुनो, जो कोई इस झरने का पानी पीएगा, वह हिरन का बच्चा बन जाएगा।''

भाई ने झरने की आवाज की ओर ध्यान नहीं दिया और पानी पीने लगा।

फिर क्या था, पानी पीते ही भाई हिरण का बच्चा बन गया। दोनों भाई-बहन रोने लगे। तभी उन्हें सामने एक झोंपड़ी दिखाई दी, जो बिलकुल खाली पड़ी थी। दोनों भाई-बहन वहाँ आराम से रहने लगे।

कुछ ही दिनों में दोनों बड़े हो गए।

एक दिन राजा उधर शिकर खेलने निकला। जंगल में जब हिरण ने तुरही की आवाज सुनी तो वह अपने को रोक न सका और बहन से जिद करके झोंपड़ी से बाहर आ गया। हिरण राजा के सैनिकों के चारों ओर ही

घूमता रहा। तभी अचानक राजा की दृष्टि हिरण पर पड़ी। राजा ने हिरण का पीछा किया। हिरण तेजी से दौड़ता हुआ झोंपड़ी के दरवाजे पर जाकर बोला, ''प्यारी बहन, जल्दी दरवाजा खोलो। मैं बड़ी मुसीबत में हूँ।'' बहन ने दरवाजा खोलकर हिरण को झोंपड़ी के अंदर बुला लिया।

हिरण का पीछा कर रहे राजा ने हिरण को मनुष्य की आवाज में बोलते देखा तो उसे बहुत आश्चर्य हुआ। राजा उस समय झोंपड़ी के दरवाजे से ही वापस लौट गया।

दूसरे दिन राजा फिर शिकार खेलने आया। राजा ने देखा कि हिरण झोंपड़ी से बाहर है, तो झोंपड़ी का दरवाजा खटखटा कर कहा, ''बहन-बहन, जल्दी दरवाजा खोलो, मैं बहुत मुसीबत में हूँ।''

बहन ने सोचा-शायद मेरा भाई हिरण आया है। इसलिए उसने दरवाजा खोल दिया। सामने राजा को देखकर लड़की उसकी ओर आकर्षित हो गई। राजा को भी उस लड़की से प्रेम हो गया। प्रेम का इजहार करते हुए राजा ने लड़की के सामने विवाह का प्रस्ताव रख दिया।

लड़की ने कहा, ''मैं आपके साथ एक शर्त पर शादी कर सकती हूँ। यदि आप मेरे हिरण भाई को मेरे साथ रहने दें तो मुझे विवाह करने में कोई आपत्ति नहीं है।''

राजा ने लड़की की बात मान ली और दोनों को अपने साथ महल में ले आया। महल में आकर राजा ने बहुत धूमधाम के साथ लड़की से विवाह कर लिया। अब दोनों भाई-बहन राजमहल में आराम से रहने लगे।

सौतेली माँ को जब उनके बारे में पता चला तो उसे बहुत क्रोध आया। वह बच्चों को मारने के लिए योजना बनाने लगी। सौतेली माँ जो वास्तव में एक जादूगरनी भी थी।

एक दिन रानी ने एक पुत्र को जन्म दिया। उस समय राजा शिकार खेलने जंगल में गया हुआ था। सौतेली माँ ने राजा की अनुपस्थिति का लाभ उठाया और रानी की नौकरानी का भेष बनाकर महल में घुस गई।

जब राजा शिकार से लौटा तो नौकरानी ने उसे रानी से मिलने नहीं दिया। नौकरानी ने राजा का रास्ता रोकते हुए कहा, "महाराज, पुत्र को जन्म देने के कारण रानी बहुत थक गई हैं। अब वह आराम कर रही हैं। उन्हें इस समय नींद से जगाना उचित नहीं है।"

राजा नौकरानी की बात मानकर अपने कमरे में चला गया। इसके बाद नौकरानी रानी के स्नान करने के लिए खौलता हुआ पानी ले गई। जैसे ही उस दुष्ट नौकरानी ने रानी के ऊपर गरम पानी डाला तो रानी मर गई। नौकरानी ने रानी को उसी समय प्रेतनी बना दिया। रानी का पुत्र बहुत छोटा था। इसलिए नौकरानी ने उसे कुछ नहीं कहा।

एक दिन रानी की दासी ने देखा कि प्रेतनी जैसी कोई आकृति कमरे में आई, बच्चे को गोद में लेकर प्यार किया और वापस चली गई। दासी को बहुत आश्चर्य हुआ। दासी ने किसी से कुछ नहीं कहा। उसे लगा कि उसकी बात पर कोई भी विश्वास नहीं करेगा।

इस प्रकार वह प्रेतनी रोज बच्चे से मिलने आने लगी। एक दिन

दासी ने राजा को सबकुछ बता दिया। राजा सारी सच्चाई जानने के लिए बच्चे के पास ही बैठ गया। आधी रात को जब प्रेतनी की आकृति बच्चे को प्यार करने लगी तो राजा चुप न रह सका। राजा ने कहा, "ओह! मेरी रानी ही मेरे बच्चे को इतना प्यार कर सकती है।" इतना कहकर राजा उस आकृति को पकड़ने के लिए तेजी से दौड़ने लगा।

राजा के बोलने के कारण जादूगरनी का जादू टूट गया। वह प्रेतनी की आकृति से असली रूप में आकर बोली, "महाराज, मैं आपकी पत्नी और इस बच्चे की असली माँ हूँ। मेरी सौतेली माँ ने जादू से मुझे प्रेतनी बना दिया था।"

राजा ने क्रोधित होकर सौतेली माँ को जिंदा आग में जलवा दिया। सौतेली माँ के मरते ही हिरण बना भाई भी अपने वास्तविक रूप में आ गया।

दोनों भाई-बहन आपस में मिलकर बहुत खुश हुए। बहन ने अपने भाई का विवाह एक राजकुमारी से करा दिया। इसके बाद सब खुशी-खुशी एक साथ रहने लगे।

सोने की मोहरों वाला पेड़

एक गाँव में एक गरीब व्यक्ति रहता था। वह गाँव से दूर सड़क के किनारे बैठकर जूते गाँठने का काम करता था। पूरे दिन में वह जो कुछ भी कमाता, उन्हें एक डिब्बे में सँभालकर रख देता था। शाम होते ही वह घर लौट आता। वह औजार सँभालकर रखता और नदी में स्नान करने चला जाता था।

स्नान करने के बाद वह अपने लिए भोजन बनाता और खाने से पहले अंधे भिखारी को खाने के लिए जरूर देता। अंधा भिखारी उसको अनेक दुआएँ देता और भगवान् से यही प्रार्थना करता कि वह हमेशा सुखी रहे। उसे कभी कोई कष्ट न हो।

उसकी कमाई कम थी, इसलिए वह पहले वही चीजें खरीदता, जिसकी उसे सबसे अधिक आवश्यकता होती थी। एक दिन मोची सो रहा था कि उसने सपने में एक परी को देखा।

परी ने कहा, "तुम एक अंधे व्यक्ति की जो सेवा कर रहे हो, उससे मैं तुमसे बहुत प्रसन्न हूँ। मैं तुम्हें यह पौधा देती हूँ। इस पौधे को तुम अपने आँगन में लगा लो। इस पर रोज सोने की एक मोहर लगेगी।" इतना कहकर परी मोची की आँखों से ओझल हो गई।

अचानक मोची की नींद टूट गई। उसने समझा कि वह कोई सपना

देख रहा था। जैसे ही वह उठा तो उसने आँगन में एक पौधा रखा हुआ देखा। पौधा देखकर वह बहुत खुश हुआ और उस पौधे को गमले में लगा दिया।

वह व्यक्ति प्रतिदिन उस पौधे को पानी देता। पशु-पक्षियों से उनकी रक्षा करता था। धीरे-धीरे वह पौधा बहुत बड़ा और मजबूत हो गया। एक दिन जब उसने पौधे पर मोहर लगी देखी तो वह हैरान रह गया। उसने सोने की मोहर को पौधे से तोड़कर डिब्बे में रख लिया। धीरे-धीरे वह डिब्बा सोने की मोहरों से भर गया।

इस तरह धीरे-धीरे वह व्यक्ति बहुत अमीर हो गया। गाँव के सम्मानित व्यक्तियों में उसकी गिनती की जाने लगी। उसने जूतों की मरम्मत का काम छोड़कर बाजार में जूतों की बड़ी सी दुकान खोल ली। दुकान से उसकी आमदनी बहुत बढ़ गई। उसने सभी आधुनिक सुविधाओं से युक्त एक महल बनवाया। उस महल में एक सुंदर बगीचा बनवाकर उस पौधे को बीच में रख दिया।

उस पौधे पर रोज सोने की एक मोहर लगती थी। एक सेठ की बेटी से विवाह करके वह आराम से रहने लगा। वह पत्नी के प्रेम और अमीर बनने के घमंड में उस अंधे भिखारी को भूल गया, जिसकी दुआओं के कारण वह अमीर बना था।

एक दिन उसकी पत्नी ने सोने की मुहर वाले पौधे को उखाड़कर फेंक दिया। अब ढेरों मोहरें होने के कारण उसको उस पौधे की जरा भी चिंता नहीं थी। उसने पौधे की देखभाल करना भी छोड़ दिया था।

अमीर बनने के कारण उसने परी द्वारा दिए गए पौधे को भी ठुकरा दिया। इससे परी क्रोधित हो गई। अब वह अपने धन को गरीब और जरूरतमंद लोगों पर खर्च न करके अपने आनंद के लिए खर्च करता था। गरीब की मदद करना तो दूर, उल्टे गरीबों का अपमान करता था।

सोने की मोहर वाला वह पौधा उखाड़े जाने के बाद भी नहीं सूखा। यदि वह उसे फिर से लगाकर उसमें पानी देता तो लहलहा उठता। धन के घमंड में चूर व्यक्ति ने उस पौधे की कोई परवाह नहीं की। परी ने मोची का घमंड तोड़ने का निर्णय लिया।

एक दिन उस व्यक्ति की दुकान में आग लग गई। दुकान का सारा सामान जलकर राख हो गया। नौकरों ने आग को बुझाने का बहुत प्रयास किया, किंतु कोई भी आग पर काबू नहीं पा सका। दुकान के जलने से वह बहुत दुःखी हुआ। उसकी पत्नी ने कहा, "स्वामी, आप चिंता क्यों करते हैं? आपके पास बहुत धन है। हम कोई नई दुकान खोल लेंगे।"

दूसरे दिन गाँव में बहुत तेज तूफान आया। तेज हवा और बारिश से गाँववालों को बहुत हानि हुई। तेज तूफान में उस व्यक्ति का घर भी गिर गया और घर में आग लगने से सारा सामान जलकर राख हो गया। बड़ी मुश्किल से वह और उसकी पत्नी जान बचाने में सफल हुए।

घर और मकान जल जाने से उसकी पत्नी अपने मायके चली गई। अब वह अकेला रह गया। सबकुछ नष्ट हो जाने पर उसको सोने की मोहर वाले उस पौधे की याद आई। उसे संदेह हुआ कि उस पौधे को उखाड़ने के कारण ही उसका इतना नुकसान हुआ है। जो कोई सहानुभूति प्रकट करने आता, उससे वह यही कहता–"घबराने की कोई बात नहीं है। मैं उस पौधे को फिर से लगाऊँगा और कुछ ही दिन में अमीर बन जाऊँगा।" इस प्रकार उसने गाँववालों को सोने की मोहर वाले पौधे का रहस्य बता दिया।

पौधे की सच्चाई जानने के लिए गाँववाले मोची के घर के अंदर आए तो उन्होंने उस पौधे के कई टुकड़े देखे। गाँववाले उस पौधे की एक-एक टहनी उठाकर ले गए। उस व्यक्ति ने भी पौधे की एक टहनी उठाकर गमले में लगा दी और उसे रोज पानी देने लगा।

बहुत दिन बीत जाने पर भी उस पौधे पर सोने की एक भी मोहर नहीं लगी। हारकर वह फिर से पुरानी झोंपड़ी में रहने के लिए चला गया और जूतों की मरम्मत करना शुरू कर दिया। अब उसको अपनी गलती का अहसास हो रहा था कि वह अमीर बनने के बाद अंधे भिखारी को ही

भूल गया था, जिसकी दुआओं से वह अमीर बना था। वह तुरंत खाना लेकर अंधे भिखारी के पास गया और उससे क्षमा माँगी। अब वह फिर से अपने भोजन में से आधा अंधे भिखारी को देने लगा।

धीरे-धीरे वह पौधा हरा हो गया और उसमें नई कोंपलें फूट आईं। पौधा फिर से लहलहा उठा। किंतु इस बार पौधे पर सोने की मोहर तो क्या, पीतल का सिक्का भी नहीं लगा।

अब उसकी समझ में आ गया कि जब तक वह गरीब होने पर भी मेहनत से काम करता था और जरूरतमंदों की सहायता करता था, तब तक परी ने भी उसकी सहायता की। लेकिन जब वह अमीर बनकर घमंडी हो गया, तो परी ने भी उसकी सहायता करना छोड़ दिया। उसने जिस प्रकार अंधे भिखारी को भुला दिया, उसी प्रकार परी ने उसकी मदद करना छोड़ दिया।

लालच का फल

एक गाँव में दो मित्र रहते थे। जिनमें से एक अमीर और दूसरा बहुत गरीब था। अमीर व्यक्ति बहुत लालची और गरीब व्यक्ति बहुत मूर्ख था। अमीर व्यक्ति दोस्ती का सिर्फ दिखावा करता, लेकिन गरीब व्यक्ति से बहुत ईर्ष्या करता था।

दुर्भाग्य से एक दिन गरीब व्यक्ति की सुई टूट गई तो वह अमीर व्यक्ति से सुई उधार माँगने चला गया। अमीर आदमी ने उसे सुई देते हुए कहा, ''यदि तुमने मेरी सुई तोड़ दी तो मैं तुमसे सुई के बदले में तुम्हारी बकरी ले लूँगा। यदि तुम्हें मेरी शर्त मंजूर है तो मेरी सुई ले जाओ।''

गरीब व्यक्ति वास्तव में बहुत मूर्ख था। उसने अमीर व्यक्ति की शर्त मान ली और उसकी सुई ले आया। दुर्भाग्य से वह सुई टूट गई और गरीब व्यक्ति ने अमीर व्यक्ति को अपनी बकरी दे दी। गरीब व्यक्ति को सुई के बदले बकरी देने का जरा भी दुःख नहीं था।

अमीर आदमी ने बकरी कटवा दी और उसका मांस पकाकर अपने रिश्तेदार तथा पड़ोसियों को खिलाया। अमीर व्यक्ति बकरी की खाल को गरीब व्यक्ति को दे आया, ताकि वह बकरी की खाल बेचकर कुछ रुपए कमा सके।

गरीब व्यक्ति बकरी की खाल बेचने के लिए शहर चल दिया।

रास्ते में अँधेरा हो जाने के कारण उसने बकरी की खाल को पेड़ के ऊपर टाँग दिया और स्वयं पेड़ पर ही सो गया।

चारों ओर अँधेरा था। कुछ व्यापारी आए और पेड़ के नीचे सो गए। तभी रात में जोर से हवा चली कि बकरी की खाल पेड़ से उड़कर व्यापारियों के ऊपर गिरी। व्यापारी वहाँ से डरकर भाग गए, उन्होंने पीछे मुड़कर भी नहीं देखा। व्यापारी अपना सारा सामान धन सहित वहीं पर छोड़ गए।

सुबह जब गरीब व्यक्ति सोकर उठा तो उसने पेड़ के नीचे सोने-चाँदी के सिक्कों से भरी थैलियाँ देखीं, उन्हें देखकर गरीब व्यक्ति आश्चर्य में पड़ गया। इतने सारे सोने-चाँदी के सिक्के उसने जीवन में कभी नहीं देखे थे। उसने बकरी की खाल वहीं पर छोड़ दी और सिक्कों से भरी थैलियाँ अपने घर ले आया।

गरीब व्यक्ति बिलकुल मूर्ख था। वह अमीर व्यक्ति से बोला, "मैं उस बकरी की खाल बेचकर इतना धन कमाकर लाया हूँ।"

लालच बुरी बला होती है। अमीर व्यक्ति ने दूसरे दिन बहुत सारी बकरियाँ खरीदकर कटवा दीं और बाजार में उनकी खाल बेचने चल दिया। बाजार में किसी भी व्यापारी ने बकरी की खाल नहीं खरीदी। अब अमीर व्यक्ति गुस्से से लाल होकर अपने गाँव लौट आया।

गरीब व्यक्ति को दंड देने के लिए अमीर व्यक्ति ने उसकी झोंपड़ी में आग लगवा दी। देखते-ही-देखते गरीब की झोंपड़ी जलकर राख हो

गई। उसने झोंपड़ी की राख इकट्ठी करके थैलियों में भर ली और बेचने के लिए शहर चल दिया।

रास्ते में अँधेरा होने पर उसने राख की थैलियाँ जमीन पर रख दीं और स्वयं पेड़ पर चढ़कर सो गया। रात को कुछ चोर आए, उनके पास सोने-चाँदी से भरी थैलियाँ थीं। उन्होंने थैलियों को अपने पास रखा और सो गए। रात को चोरों को अजीब सी आवाजें सुनाई दीं। उन्होंने सोचा, शायद पुलिस उनका पीछा कर रही है। चोर पुलिस के डर से तुरंत भाग गए। अँधेरे में चोरों को कुछ दिखाई नहीं दिया। अँधेरे में चोर सोने-चाँदी से भरी थैलियाँ छोड़कर राख की थैलियाँ लेकर भाग खड़े हुए।

सुबह जब गरीब आदमी सोकर उठा तो उसे अपनी राख की थैलियाँ कुछ बदली हुई लगीं। जब उसने उन थैलियों को खोलकर देखा तो वह हैरान रह गया। सभी थैलियाँ सोने-चाँदी के सिक्कों और गहनों से भरी हुई थीं। वह सोने-चाँदी से भरी थैलियों को भगवान् का आशीर्वाद समझकर अपने साथ ले आया।

गरीब व्यक्ति अमीर व्यक्ति से जाकर बोला, ''मैं राख की कुछ थैलियाँ बेचकर इतना धन कमाकर लाया हूँ।''

अमीर व्यक्ति के मन में फिर से लालच आ गया। उसने अपने पक्के मकान को खुद ही आग लगा दी और उसकी राख को बेचने के लिए शहर चल दिया। शहर में उसकी राख को खरीदने वाला कोई नहीं था। बेचारा अमीर व्यक्ति दुःखी होकर अपने घर लौट आया।

अमीर व्यक्ति क्रोधित होकर गरीब व्यक्ति के घर गया और उसे बोरे में बंद करके नदी में फेंकने के लिए चल दिया। रास्ते में अमीर व्यक्ति को जोर से प्यास लगी। उसने बोरे को जंगल में छोड़ दिया और पानी पीने के लिए नदी पर चल दिया।

कुछ ही देर में वहाँ पर एक गड़रिया आया। उसने बोरे को खोलकर उसमें से गरीब व्यक्ति को निकाल लिया।

गड़रिया सीधा-सादा था, उसने गरीब व्यक्ति से पूछा, ''भाई, तुम्हें इस बोरे में किसने बंद किया और क्यों?''

गरीब व्यक्ति ने कहा, ''देखो, कुछ लोग राजकुमारी से विवाह करने के लिए मुझे जबरदस्ती बोरे में बंद करके ले जा रहे हैं, किंतु मैं राजकुमारी से विवाह नहीं करना चाहता।''

गड़रिया लालची था, वह गरीब व्यक्ति से बोला, ''यदि तुम चाहो तो मैं राजकुमारी से विवाह करने को तैयार हूँ। तुम मुझे इस बोरे में बंद करके यहाँ से चले जाओ और मेरी सारी बकरियों को अपने साथ ले जाओ।''

गरीब व्यक्ति ने गड़रिये की बात मान ली। उसको तुरंत बोरे में बंद कर दिया और उसकी बकरियाँ लेकर अपने घर लौट आया।

थोड़ी देर में अमीर व्यक्ति पानी पीकर वापस आ गया। उसने बोरे को उठाया और नदी में फेंक दिया। इस प्रकार लालची गड़रिये ने अपनी जान गँवा दी।

अमीर व्यक्ति अपने घर लौट आया। जब उसने गरीब व्यक्ति को स्वस्थ और काम करते हुए देखा तो उसे बहुत आश्चर्य हुआ। गरीब व्यक्ति उस समय बकरियों को चारा डाल रहा था।

अमीर व्यक्ति ने कहा, "क्यों, क्या बात है? मैंने तुम्हें मारने के लिए नदी में फेंक दिया था। फिर तुम जीवित कैसे आ गए?"

गरीब व्यक्ति ने कहा, "कुछ परियाँ नदी के जल में निवास करती हैं। जब मैंने उन्हें अपनी गरीबी के विषय में बताया तो उन परियों को मुझ पर दया आ गई। परियों ने मुझे इतनी सारी बकरियाँ देकर वापस भेज दिया। परियों ने मुझे कभी लालच न करने का आदेश दिया है।"

धनी व्यक्ति के मन में फिर से लालच आ गया। उसने गरीब व्यक्ति से कहा, "भाई, मैं भी उन परियों को देखना चाहता हूँ। यदि मुझे वे परियाँ मिल गईं तो मैं भी उनसे कोई वरदान माँग लूँगा। तुम शीघ्र ही मुझे बोरे में बंद करके नदी में फेंक आओ, ताकि मैं भी उन परियों के दर्शन कर सकूँ।"

बस फिर क्या था। गरीब व्यक्ति ने अमीर व्यक्ति को बोरे में बंद किया और नदी में फेंक आया। उसके बाद गरीब व्यक्ति शांति से रहने लगा। अमीर व्यक्ति को लालच का फल मिल गया था। लालच के कारण उसने अपनी जान गँवा दी।

जादुई लालटेन

बहुत पहले की बात है, एक गाँव में रग्घू नाम का एक गरीब लकड़हारा रहता था। तारो और पारो उसकी दो बहनें थीं, जिन्हें रग्घू जान से भी अधिक प्रेम करता था। दोनों बहनें शादी योग्य हो गई थीं। रग्घू को अब उनके विवाह की चिंता सताने लगी थी।

रग्घू सुबह उठकर स्नान करता और खाना खाकर जंगल में लकड़ियाँ काटने चला जाता था। पूरा दिन लकड़ियाँ काटकर गट्ठर बनाता और दूसरे दिन उसे बाजार में बेच आता था। इसी प्रकार रग्घू अपना और अपनी बहनों का पेट भरता था।

एक दिन रग्घू सुबह-सुबह जंगल जाने के लिए तैयार हो रहा था। तभी दोनों बहनों ने कहा, "भैया, आप आज तक कभी हमें अपने साथ जंगल नहीं लेकर गए। हम भी जंगल देखना चाहती हैं। हमें भी अपने साथ ले चलिए।"

रग्घू ने अपनी बहनों को बहुत समझाने की कोशिश की, जंगल में जंगली जानवर, भूत-प्रेत, जिन्न, परी कोई भी मिल सकता है। वहाँ जाना खतरे से खाली नहीं है। तुम्हें अपने साथ ले जाकर मैं तुम्हारी जान खतरे में नहीं डाल सकता।

रग्घू के समझाने पर भी तारो-पारो नहीं मानीं और बोलीं, "भैया,

आप हमें जान-बूझकर डरा रहे हैं। हमें आप पर पूरा भरोसा है। आपके होते हुए हमें जंगल में किसी बात का डर नहीं है। कोई हमारा बाल भी बाँका नहीं कर सकता।''

बहनों की बात मानकर रग्घू उन्हें अपने साथ ले गया। चलते-चलते वे तीनों घने जंगल के बीच पहुँच गए। वहाँ उन्हें जंगली जानवरों की भयंकर आवाजें सुनाई देने लगीं। जंगल में एक सरोवर देखकर तारो बोली, ''भैया, हमें बहुत प्यास लगी है, पहले हम पानी पी लें, बाद में आगे चलेंगे।''

रग्घू बोला, ''चलो, ठीक है। पहले हम पानी पी लें। तुम पेड़ का छाया में बैठकर आराम कर लेना और मैं किसी पेड़ से लकड़ियाँ काट लूँगा। आगे जाना ठीक नहीं है। हम रास्ता भटक गए तो मुसीबत आ जाएगी। हमें जल्दी घर लौटना भी है।''

तीनों सरोवर के पास पहुँच गए। तारो जैसे ही सरोवर में पानी पीने के लिए उतरी तो उसका पैर फिसल गया और वह पानी में डूबती चली गई। रग्घू ने जब तारो को डूबते देखा तो उसे बचाने कि लिए वह भी पानी में कूद गया। देखते-ही-देखते वह भी डूब गया।

पारो बहुत देर तक सरोवर की ओर देखती रही, किंतु रग्घू तारो को लेकर बाहर नहीं आया। अब पारो को डर लगने लगा। वह भय से काँपने लगी। वह हिलकियाँ भरकर जोर-जोर से रोने लगी। पारो को बार-बार यही खयाल आ रहा था कि अगर वह जंगल में नहीं आती तो इस

मुसीबत में नहीं पड़ती। धीरे-धीरे शाम हो गई और पारो रोते-रोते एक चट्टान पर जाकर बैठ गई।

चारों ओर अँधेरा घिर रहा था। पारो ने देखा कि एक बुढ़िया लालटेन लेकर उसकी ओर आ रही है। अँधेरे का फायदा उठाकर पारो चट्टान के पीछे छिप गई।

पारो ने देखा कि उस बुढ़िया ने लालटेन को चबूतरे पर रखा और सरोवर के पास जाकर बोली, ''ऐ सरोवर! बोल, नहीं तो खोलूँ पोल, कितने फँसे तू जल्दी बोल?''

तभी सरोवर के अंदर से भी लालटेन का प्रकाश चमकने लगा और आवाज आई, 'ओ री जादूगरनी बुढ़िया, नहीं खोल तू मेरी पोल, दो फँसे बस दो फँसे।''

पारो पूरी तरह से चट्टान के पीछे छिपी हुई थी। डर के कारण उसके शरीर में रोंगटे खड़े हो गए थे। पारो अच्छी तरह से जान गई कि वह बुढ़िया कोई जादूगरनी है, उसी ने किसी राक्षस को अपने जादू से कैद कर रखा है। तारो और रग्घू को भी उसी राक्षस ने कैद कर लिया है।

थोड़ी देर में बुढ़िया की आवाज फिर आई, "ऐ सरोवर! जल्दी बोल, नहीं खोलूँ तेरी पोल, एक तू खा लेना, एक मैं खा लूँगी, किंतु कल तक तू धीरज रख।"

इतना कहकर बुढ़िया ने लालटेन उठाई और अपनी झोंपड़ी की ओर चली गई।

पारो बुढ़िया के पीछे-पीछे चलने लगी। पारो ने देखा कि बुढ़िया ने लालटेन झोंपड़ी के बाहर खूँटी पर टाँग दी और अंदर चली गई।

अब पारो को फिर डर लगने लगा। वह अपने भाई और बहन को फिर से याद करके रोने लगी। तभी वहाँ पर एक सुंदर परी प्रकट होकर पारो को सांत्वना देते हुए बोली, "बेटी, तू बहुत बहादुर है। यदि तू अपने भाई और बहन को बचाना चाहती है तो तुझे हिम्मत से काम लेना होगा। इस दुष्ट बुढ़िया का सारा जादू इसकी लालटेन में है। यदि तू लालटेन पर अपना अधिकार कर ले, तो यह बुढ़िया तेरा कुछ नहीं बिगाड़ सकती। लालटेन तेरे हाथ में आते ही बुढ़िया का सारा जादू समाप्त हो जाएगा।" इतना कहकर परी अदृश्य हो गई।

पारो धीरे-धीरे झोंपड़ी की ओर गई और लालटेन को उठा लाई।

पारो सरोवर के पास जाकर बोली, "ऐ सरोवर बोल, नहीं तो खोलूँ तेरी पोल, मादा और नर को तू छोड़।"

तभी सरोवर में प्रकाश चमका और आवाज आई, "ओ बुढ़िया, नहीं खोल तू मेरी पोल, छोड़ रहा हूँ नर और मादा, और नहीं तू कुछ भी बोल।"

तभी सरोवर में प्रकाश और तेज हो गया। तारो और रग्घू पानी में तैरकर सरोवर से बाहर आ गए। बहन और भाई को देखकर पारो की खुशी का ठिकाना नहीं था। तीनों भाई-बहन इस प्रकार गले मिले, जैसे उनका दूसरा जन्म हुआ हो। अब तीनों अपने घर की ओर लौटने लगे।

रग्घू अपनी कुल्हाड़ी लेने पेड़ के पास गया तो उसने देखा कि उसकी कुल्हाड़ी सोने की बन चुकी थी। जैसे ही रग्घू ने उस कुल्हाड़ी को छुआ तो वह परी फिर से प्रकट होकर बोली, "रग्घू, तुम सीधे और ईमानदार व्यक्ति हो। तुम अपनी बहनों से बहुत प्रेम करते हो। आज के बाद कभी इन्हें इस भयानक जंगल में लेकर मत आना। तुम सोने की कुल्हाड़ी को बेच लेना, इससे तुम्हारी गरीबी दूर हो जाएगी और इन बहनों का विवाह भी हो जाएगा।"

तीनों भाई-बहनों ने उस परी को धन्यवाद दिया और खुशी-खुशी अपने घर वापस आ गए।

अमृत की बूँदें

पहाड़ी की तलहटी में एक छोटा सा गाँव था। उस गाँव के लोग बहुत ही सीधे-सादे थे। उनके मन में किसी के लिए कोई वैर-भाव नहीं था।

उसी पहाड़ी की चोटी पर एक परी रहती थी। उसका नाम डायना था। डायना के पास अमृत की कुछ बूँदें थीं, जिन्हें वह किसी अच्छे, योग्य और परोपकारी व्यक्ति को पिलाना चाहती थी, जो दूसरों के दुःख-दर्द को अपना समझे और सबकी सहायता करे।

बहुत कोशिश करने के बाद भी उसे ऐसा कोई व्यक्ति नहीं मिला, जिसे वह अमृत की बूँदें पिला सके।

नदी के किनारे कुछ कबीले रहते थे। उनमें एक गड़रिया भी था। वह सुंदर, जवान होने के साथ-साथ दयालु भी था। प्रत्येक दुःखी व्यक्ति की मदद करना अपना धर्म समझता था। गाँव के लोग उसकी बहुत इज्जत करते थे और उसे देवता के समान ही पूजते थे। इसी कारण देवता भी उससे ईर्ष्या करते थे। देवताओं ने सोचा कि गाँववालों को गड़रिये पर बहुत भरोसा है, हमें उनका भरोसा तोड़ना होगा।

एक दिन गड़रिया जंगल में अपनी भेड़-बकरियाँ चरा रहा था। जब वह थक गया तो आराम करने के लिए एक पेड़ की छाँव में बैठ गया।

थोड़ी ही देर में उसे नींद आ गई। देवताओं ने मौके का लाभ उठाकर गड़रिये को बेहोश कर दिया। गड़रिया बिना हिले-डुले कई दिन तक पेड़ के नीचे ऐसे ही पड़ा रहा।

जो कोई भी गड़रिये को सोया हुआ देखता तो वहाँ से चुपचाप चला जाता। धीरे-धीरे यह बात सारे गाँव में फैल गई। सभी गाँववालों ने इकट्ठा होकर उसे जगाने की बहुत कोशिश की, लेकिन कोई लाभ नहीं हुआ। वैद्य-डॉक्टरों ने उसे मृत घोषित कर दिया। गाँववालों ने अब गड़रिये को दफनाने का फैसला कर लिया।

गड़रिया मनुष्यों के साथ-साथ पशु-पक्षियों का भी बहुत ध्यान रखता था। जब पक्षियों ने देखा कि कई दिन हो गए, उन्हें किसी ने दाना नहीं डाला, तो सारे पक्षियों ने मिलकर गड़रिये के शरीर के चारों ओर चक्कर लगाना शुरू कर दिया। अंत में पक्षी डायना परी के पास गए और सारी बात बताई।

डायना परी ने तुरंत ही वहाँ आकर गड़रिये की बेहोशी दूर कर दी और बताया कि देवताओं ने उसे किस प्रकार मूर्च्छित कर दिया था। भोला-भाला गड़रिया बोला, ''परी बहन, कोई बात नहीं, देवताओं ने मेरे साथ बुरा किया, उसका मुझे कोई दुःख नहीं है, मैं तो अब भी देवताओं को खुश देखना चाहता हूँ।''

गड़रिये का जवाब सुनकर डायना परी बहुत खुश हुई। गड़रिया अब पूरी तरह से मनुष्यों की सेवा में लग गया। वह खुद भूखा रह जाता,

ंतु भूखे व्यक्ति को भोजन जरूर खिलाता था। यदि कोई व्यक्ति नंगा होता तो उसे वस्त्र देता था। पशु-पक्षियों की मरहम-पट्टी करना अपना धर्म समझता था। उसकी प्रशंसा मनुष्य के साथ-साथ पशु-पक्षी भी करने लगे।

धीरे-धीरे गाँव में उसकी प्रतिष्ठा और भी बढ़ गई। देवताओं को अपनी हार स्वीकार नहीं थी। उन्होंने गड़रिये को मारने का निश्चय कर लिया।

डायना परी छिपकर देवताओं की सारी बातें सुन रही थी। उसे देवताओं पर बहुत क्रोध आ रहा था। वह गड़रिया जैसे परोपकारी व्यक्ति को हारते हुए नहीं देख सकती थी।

डायना परी ने गड़रिये के पास जाकर कहा, ''हे दयालु मानव! देवता तुम्हारे मान-सम्मान को देखकर ईर्ष्या करते हैं। उन्होंने तुम्हें मारने का षड्यंत्र रचा है। मैं तुम्हें मरने नहीं दूँगी। मेरे पास अमृत की कुछ बूँदें हैं, तुम उनको पीकर अमर हो जाओगे। फिर तुम्हें देव, दानव, मनुष्य, पशु-पक्षी कोई भी नहीं मार सकता।''

इतना कहकर डायना परी ने गड़रिये को अमृत की बूँदें पिला दीं। देवताओं के षड्यंत्र के विषय में सुनकर उसे बहुत दुःख हुआ। उसे देवताओं पर तनिक भी क्रोध नहीं आया। उसके मन में प्रेम और मानव-सेवा की भावना और भी बढ़ गई।

गड़रिये ने कहा, ''परी बहन, आपकी बातों ने मुझे और अधिक

निडर बना दिया है। आपके आशीर्वाद से अब मैं अमर हो गया हूँ। मुझे अब देवताओं का कोई डर नहीं है। आपने मेरे ऊपर बहुत उपकार किया है। मैं प्रतिज्ञा करता हूँ कि आजीवन मनुष्यों की सेवा करता रहूँगा। इस शरीर को मैं प्राणियों की सेवा में समर्पित करता हूँ।''

उसी क्षण डायना परी गड़रिये को आशीर्वाद देकर अदृश्य हो गई। गडरिये ने दूर-दूर तक देखा, लेकिन उसे वहाँ पर डायना परी दिखाई नहीं दी। इसके बाद वह हमेशा के लिए परोपकार के कार्यों में जुट गया। उसे अपने सुख से अधिक दूसरों के सुख में ही प्रसन्नता मिलती थी।

सुनहरे फूल

एक राजा अपनी प्रजा से बहुत प्रेम करता था। उसके राज्य में सभी सुखी और संपन्न थे। प्रजा को अपने राजा पर बहुत गर्व था। सभी गुणों से युक्त होने पर राजा में कुछ बुराइयाँ भी थीं। वह किसी की झूठी-सच्ची और मनगढ़ंत बातों पर शीघ्र ही विश्वास कर लेता था। यदि राजा को कोई वस्तु पसंद आ जाती तो वह उसके लिए कीमती वस्तु भी देने के लिए तैयार हो जाता था।

राजा की इसी कमी का लाभ उठाकर राज्य में झूठी बातें बनाने वाले लोगों की संख्या दिनोदिन बढ़ने लगी। लोगों को काम के बदले झूठी बातें बनाने में दिलचस्पी हो गई। अधिकतर लोग मौके की तलाश में रहने लगे कि कैसे झूठी बातें बनाकर राजा से रुपया ऐंठा जाए।

राजा विद्वानों और कलाकारों का बिलकुल भी आदर-सम्मान नहीं करता था।

एक दिन राजा अपने महल की छत पर खड़ा था कि उसने किसी जादूगर को महल की ओर आते हुए देखा। उस जादूगर ने दरबार में आकर राजा का अभिवादन किया और अपनी झोली में से एक चाँदी की डाली निकाली, जिस पर सुनहरे रंग के फूल लगे हुए थे। जादूगर ने जैसे ही उस डाली को हिलाया तो उसमें से संगीत के मधुर स्वर गूँजने लगे।

उन स्वरों को सुनकर राजा और समस्त दरबारी आत्मविभोर हो गए। राजा को वह चाँदी की डाली इतनी अच्छी लगी कि वह उसे खरीदने के लिए तैयार हो गया।

राजा ने जादूगर से कहा, 'मैं तुम्हें इस डाली के बदले कोई भी कीमत देने को तैयार हूँ। मुझे हर कीमत पर यह डाली चाहिए।''

जादूगर ने कहा, ''राजन्, इस डाली के बदले तुम्हें तीन चीजें देनी होंगी। उन तीन चीजों को अलग-अलग समय पर मैं स्वयं आकर ले जाऊँगा। आज तो आप सिर्फ वचन-पत्र दे दीजिए।''

जादूगर ने वचन-पत्र लेकर वह डाली राजा को दे दी। उस डाली के संगीत को सुनकर सभी अपना दुःख भूलकर प्रसन्न हो जाते थे। राजा उसे प्रसन्नता बिखेरने वाली डाली कहने लगा।

कुछ दिन बाद वही जादूगर दरबार में आया और राजा को वचन-पत्र दिखाकर एक ओर बैठ गया।

राजा ने कहा, ''जादूगर, तुम्हारी वह चाँदी की डाली वास्तव में अनोखी है। उस डाली से मेरे जीवन में खुशियाँ-ही-खुशियाँ आ गई हैं। अब तुम डाली की कीमत लेकर मुझे कर्ज से मुक्त कर दो।''

जादूगर ने कहा, ''राजन्, आपने मुझे तीन चीजें देने का वादा किया था। आज मैं आपसे पहली चीज माँग रहा हूँ। कृपा करके मुझे अपनी पुत्री दे दीजिए।''

जादूगर के द्वारा पुत्री माँगने पर राजा दुःखी हो गया। राजा को ऐसा

लगा जैसे वह पहाड़ से नीचे गिर गया हो। राजा वचन का पक्का था। उसने दुःखी मन से अपनी पुत्री को जादूगर के हवाले कर दिया। वह जादूगर राजा की पुत्री लेकर चुपचाप चला गया।

एक महीने बाद जादूगर फिर आया और राजकुमार को लेकर चला गया। अब राजा की चिंता प्रतिदिन बढ़ने लगी कि इस बार जादूगर क्या माँगेगा। चिंता के कारण राजा को नींद नहीं आती थी। पुत्र और पुत्री को खोने के बाद राजा के पास सिर्फ राजपाट ही बचा था।

तीन महीने बाद आकर जादूगर बोला, ''राजन्, मुझे आपकी रानी चाहिए।''

जादूगर की माँग सुनकर राजा बोला, ''एक राजा का वादा पूरे राज्य का वादा होता है। मैं अपने वचन से बँधा हुआ हूँ, इसलिए तुम्हारी इस माँग को भी अवश्य पूरी करूँगा।''

राजा ने अपने दिल पर पत्थर रखकर रानी को भी उस जादूगर को सौंप दिया। पूरे महल में राजा अब अकेला रह गया। महल का सूनापन राजा को काटने लगा। उस डाली का मधुर संगीत भी राजा ने सुनना छोड़ दिया। अब राजा को अपने किए पर पछतावा हो रहा था। नई चीजों को प्राप्त करने की इच्छा ने राजा को इस अवस्था में पहुँचा दिया था।

राजा अपने परिवार से बहुत प्रेम करता था। राजपरिवार को नष्ट करने के अपराध में राजा जादूगर से बदला लेने के लिए हाथ में तलवार लेकर जादूगर को खोजता हुआ जंगल की ओर चल दिया। जंगल में राजा

को एक किला दिखाई दिया। राजा उस किले के अंदर चला गया। किले के अंदर राजा ने एक महल देखा। राजा ने जैसे ही उस महल के अंदर प्रवेश किया तो देखा, वहाँ पर एक राजपुरुष बैठा हुआ था।

राजपुरुष ने राजा का अभिवादन करते हुए कहा, "आइए राजन्, इस महल में आपका स्वागत है।"

यह देखकर राजा को बहुत आश्चर्य हुआ। राजा उस व्यक्ति को नहीं जानता था। तभी एक व्यक्ति ने गरम पानी से राजा के पैर धोए, जिससे राजा की थकान उतर गई। राजा के लिए स्वादिष्ट भोजन परोसा गया। राजा ने गरदन उठाकर देखा तो सामने रानी, राजकुमारी और राजकुमार सब बैठे हुए थे। अपने परिवार को देखकर राजा बहुत प्रसन्न हुआ।

कुछ ही देर में वही जादूगर राजा के सामने खड़ा था। उसने राजा से कहा, "आपकी गलत आदतें आपको बरबाद कर रही थीं। आपको सही-गलत की पहचान कराना बहुत आवश्यक था। इसलिए मैं आपको यहाँ लेकर आया हूँ।"

राजा जादूगर की बात बहुत ध्यान से सुन रहा था। तभी सफेद कपड़ों में एक आकृति राजा की आँखों के सामने उभरकर आ गई। ध्यान से देखने पर पता चला कि वह जादुई परी थी। उस परी ने राजा से कहा, "मैंने ही इस जादूगर के द्वारा यह चाँदी की डाली तुम्हारे पास भेजी थी। किंतु अब मैं तुम्हें यह काँच का गोला देती हूँ। यदि कोई इसके सामने

झूठ बोलेगा तो इसके दो टुकड़े हो जाएँगे। सच बोलने पर यह काँच का गोला फिर से जुड़ जाएगा। इस गोले को तुम दरबार में रखना, ताकि सच और झूठ का सही-सही पता लगा सको और बिना सोचे-समझे किसी की बात पर विश्वास न कर सको।''

राजा काँच के गोले को लेकर अपने परिवार सहित महल को लौट आया। राजा ने राजसिंहासन के पास में उस गोले को रख दिया। जब कोई झूठ बोलता तो उस काँच के गोले के दो टुकड़े हो जाते और सच बोलते ही वह फिर से जुड़ जाता था।

अब काँच के गोले के द्वारा झूठ आसानी से पकड़ लिया जाता था। झूठ बोलने वाला शर्म से सिर झुकाकर खड़ा हो जाता था। अब चापलूस, चुगलखोर और कान भरने वाले दरबार में आने से भी डरने लगे। धीरे-धीरे दरबार में विद्वानों और कलाकारों की संख्या बढ़ने लगी। सभी लोग मेहनत और ईमानदारी से काम करने लगे। राजा अच्छी तरह से परखने के बाद ही इनाम देता था।

राजा के व्यवहार में आए परिवर्तन को देखकर परी मन-ही-मन बहुत प्रसन्न होती थी। जब परी ने देखा कि उसके द्वारा दिए गए काँच के गोले का सही उपयोग किया जा रहा है तो वह राजा को आशीर्वाद देकर हमेशा के लिए अदृश्य गई।

सुनहरे पंखोंवाली चिड़िया

दयालु और परोपकारी राजाओं में महाराज विराट का नाम प्रमुख है। उनका राजमहल इंद्रनगरी के समान ही सुंदर था। महल के चारों ओर सुंदर बगीचा था। जब कभी राजा उपवन में टहलने जाते तो फूलों की खुशबू से उनका मन मोहित हो जाता था। अनेक वर्षों की तपस्या के बाद राजा को पुत्र की प्राप्ति हुई। पुत्र का जन्मोत्सव राजा ने बड़ी धूमधाम से मनाया।

राजकुमार को जो कोई भी देखता, वही उसकी सुंदरता की प्रशंसा करता था। राजकुमार के रूप-सौंदर्य को देखते हुए राजा ने उसका नाम 'चंद्रकांत' रख दिया। राजकुमार धीरे-धीरे युवावस्था को प्राप्त हो गया।

राजकुमार को प्रकृति से बहुत प्रेम था। जैसे ही राजकुमार बड़ा हुआ, तो प्रतिदिन उपवन में जाने लगा। उसे फूलों से अत्यधिक प्रेम था। राजकुमार की आज्ञा से उपवन में संसार के सभी सुगंधित, रंग-बिरंगे फूल लगाए गए। राजा ने उस उपवन का नाम 'चंद्रकांत उद्यान' रख दिया।

चंद्रकांत उद्यान में राजकुमार के अलावा किसी को जाने की अनुमति नहीं थी। दास-दासियाँ राजकुमार के लिए भोजन अथवा जरूरी वस्तुएँ लेकर उद्यान में जा सकते थे। रंग-बिरंगे फूलों पर रंग-बिरंगे

पक्षियों को देखकर राजकुमार बहुत खुश होता था। जब राजकुमार पक्षियों को दाना डालता तो वहाँ पर अनेक पक्षी इकट्ठे हो जाते थे। यह देखकर राजा-रानी को बहुत प्रसन्नता होती थी।

धीरे-धीरे राजकुमार उद्यान में तीर चलाने का अभ्यास करने लगा। पुत्र को तीर चलाते देखकर राजा विराट बहुत खुश होते और यही सोचते कि उनका पुत्र भविष्य में वीर और पराक्रमी बनेगा।

एक दिन राजकुमार उद्यान में पक्षियों के लिए दाना डालकर उनकी प्रतीक्षा कर रहा था। लेकिन वहाँ पर एक भी पक्षी दाना चुगने के लिए नहीं आया। यह देखकर राजकुमार बहुत उदास हो गया। चिंता के कारण उस दिन राजकुमार ने भोजन भी नहीं किया। राजकुमार को उदास देखकर सुनहरे पंखों वाली एक चिड़िया आई और बरगद के पेड़ के ऊपर बैठ गई। चिड़िया को देखते ही राजकुमार खुश होकर चिड़िया के पास चला गया। चिड़िया बोली, "चंद्रकांत, आज तुम बहुत उदास दिखाई दे रहे हो।"

राजकुमार बोला, "रंग-बिरंगी चिड़ियों को देखे बिना मैं कैसे खुश रह सकता हूँ। सारे फूल भी मुरझा गए हैं। क्या तुम्हें मालूम है कि अब चिड़िया यहाँ क्यों नहीं आतीं?"

चिड़िया ने उत्तर दिया, "चंद्रकांत, तुम तो यहाँ तीर चलाने का अभ्यास करने लगे हो। फिर चिड़ियाँ यहाँ क्यों आएँगी? शिकारी पर कभी भरोसा नहीं करना चाहिए। शिकारी कभी भी तीर चलाकर चिड़ियों

का जीवन समाप्त कर सकता है।''

राजकुमार बोला, ''नहीं-नहीं, चिड़िया रानी! ऐसी कोई बात नहीं है। मैं अभी अपना धनुष तोड़ देता हूँ। आज के बाद कभी फूल और चिड़ियों के रंग-बिरंगे संसार में तीर और धनुष को नहीं आने दूँगा।'' इतना कहकर राजकुमार ने अपना तीर और धनुष तोड़कर जमीन पर फेंक दिया।

बस फिर क्या था, सुनहरे पंखों वाली चिड़िया अपने साथ अनेक चिड़ियों को ले आई, चिड़ियों और फूलों को देखकर राजकुमार बहुत प्रसन्न हुआ।

जब राजा-रानी को पता चला कि राजकुमार ने धनुष और तीर तोड़ दिए हैं तो उन्हें बहुत दुःख हुआ। राजा-रानी ने राजकुमार के उद्यान जाने पर रोक लगा दी। शिकार खेलना, तीर-धनुष चलाना, घुड़सवारी करना आदि बातों की ओर राजकुमार का ध्यान आकर्षित करने की कोशिश करने लगे। राजा ने उद्यान के द्वार पर पहरेदार नियुक्त कर दिए।

राजकुमार ने जैसे ही उद्यान में जाना बंद किया, तो फूलों ने महकना छोड़ दिया और चिड़ियों ने चहकना बंद कर दिया। धीरे-धीरे महल में राजकुमार को घुटन महसूस होने लगी।

एक दिन पूर्णिमा की रात को राजमहल में सब सो चुके थे। तब राजकुमार महल की दीवार कूदकर उद्यान में चला गया।

उद्यान में सूखे फूलों को देखकर राजकुमार को बहुत दुःख हुआ,

लेकिन राजकुमार के उद्यान में जाते ही फूल धीरे-धीरे खिलने लगे। सुनहरी चिड़िया की याद आते ही राजकुमार की आँखों में आँसू आ गए। तभी राजकुमार की नजर सुनहरी चिड़िया पर पड़ी, जो पेड़ की डाली पर बैठी चहचहा रही थी। चिड़िया उड़कर राजकुमार के कंधे पर बैठकर बोली, "चंद्रकांत, तुम किसलिए उदास हो?"

राजकुमार बोला, "प्यारी चिड़िया, राजमहल में कैद होने के कारण मैं रंग-बिरंगे फूलों और चिड़ियों से नहीं मिल सकता। ब्रस इसलिए ही मैं उदास रहता हूँ। मैं ऐसे देश में जाना चाहता हूँ, जहाँ कोई बंधन न हो। रंग-बिरंगे फूल और पक्षियों के अलावा हरियाली-ही-हरियाली हो।"

सुनहरी चिड़िया बोली, "राजकुमार, हम सारी चिड़ियाँ ऐसे ही देश से आती हैं, जहाँ फूल और हरियाली है। उसे हम फूलों का देश कहती हैं। वहाँ बहुत सारी परियाँ रहती हैं। परियों ने हमें तुम्हारे पास भेजा है, ताकि हम तुम्हें फूलों के देश ले जा सकें।"

इतना कहकर चिड़िया राजकुमार को अपने साथ लेकर चलने लगी। चलते-चलते दोनों एक जंगल में पहुँच गए। वहाँ सुनहरा घोड़ा उनका इंतजार कर रहा था। थोड़ी दूर चलने के बाद चिड़िया सुंदर परी में बदल गई और घोड़ा एक यान में बदल गया। देखते-ही-देखते दोनों यान में बैठकर आकाश में उड़ने लगे।

कुछ ही देर में दोनों फूलों के देश में पहुँच गए। वहाँ ऊँच-नीच,

गरीब-अमीर का कोई भेद नहीं था। वहाँ के लोग कभी बूढ़े नहीं होते थे। वहाँ हर ओर खुशियाँ-ही-खुशियाँ थीं। सब सुखी थे। किसी को किसी प्रकार का दुःख नहीं था।

फूल और परियों के देश में राजकुमार का बहुत आदर-सत्कार हुआ। राजकुमार बहुत समय तक फूलपरियों के देश में रहा। धीरे-धीरे चंद्रकांत फूलपरियों के देश का भी राजकुमार बन गया। एक दिन चंद्रकांत ने सुनहरी चिड़िया से अपने देश जाने की इच्छा प्रकट की।

फूलपरियों की महारानी ने सदा खुश रहने और सदा जवान रहने की पुड़िया बंद पिटारी में रखकर राजकुमार को दे दी। कुछ परियाँ राजकुमार के साथ यान में बैठकर उसे उसके देश छोड़ आईं।

राजकुमार के राजमहल पहुँचते ही राजा विराट को बहुत प्रसन्नता हुई। पूरे महल में खुशियाँ मनाई गईं। राजकुमार ने अपने माता-पिता को फूलपरियों की महारानी द्वारा भेजी गई पुड़िया दी। उस पुड़िया का सेवन करके राजा-रानी फिर से जवान हो गए।

उसके पश्चात् महाराज विराट ने कभी भी राजकुमार चंद्रकांत को उद्यान में जाने से नहीं रोका।

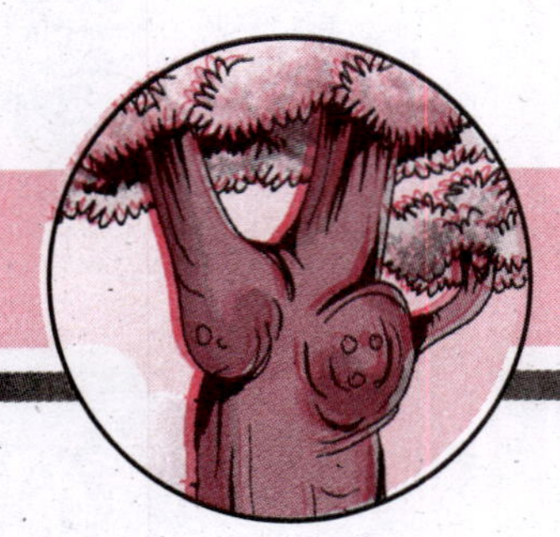

जिन्न की पढ़ाई

बहुत पहले की बात है कि रामपुर नाम का एक गाँव था। उस गाँव के बीचोबीच एक बरगद का पेड़ था। उस पेड़ पर एक जिन्न रहता था। लेकिन वह जिन्न कभी किसी को परेशान नहीं करता था।

एक दिन गाँव के बच्चे स्कूल जा रहे थे। उन्हें देखकर जिन्न ने सोचा, मैंने अपना बहुत सा समय बेकार कर दिया। अब मुझे पढ़ाई कर लेनी चाहिए। जिन्न को पढ़ने का शौक चढ़ा तो वह पेड़ से नीचे उतर आया।

जिन्न जब भी बच्चों से पढ़ाई की बातें करना चाहता तो बच्चे तुरंत भाग जाते। यह देखकर जिन्न बहुत दुःखी होता और दोबारा पेड़ पर चढ़ जाता।

एक दिन जिन्न ने देखा कि स्कूल के अध्यापक पेड़ के नीचे से गुजर रहे थे। जिन्न अध्यापक को देखकर बहुत खुश हुआ और पेड़ से उतरकर उनके सामने खड़ा हो गया।

जिन्न को देखकर अध्यापक थर-थर काँप रहे थे। जिन्न अध्यापक से बोला, ''मास्टरजी, आपको मुझसे डरने की जरूरत नहीं है। मैं आपको कभी हानि नहीं पहुँचाऊँगा, बस मेरी आपसे यही प्रार्थना है कि आप मुझे पढ़ना सिखा दें।''

इतना कहकर जिन्न ने चाँदी के तीस सिक्के अध्यापक के हाथ पर रख दिए।

अध्यापक तीस चाँदी के सिक्के लेकर खुश हो गए। उन्होंने इतने चाँदी के सिक्के एक साथ अपने जीवन में कभी नहीं देखे थे। मास्टरजी ने चाँदी के सिक्के जेब में डालकर कहा, ''मैं कल सुबह तुम्हें पढ़ाने आ जाऊँगा।''

दूसरे दिन अध्यापक कॉपी-पेंसिल लेकर पेड़ के नीचे जिन्न को पढ़ाने के लिए आ गए। जिन्न जल्दी से पेड़ से उतरकर नीचे आ गया और खुशी-खुशी पढ़ने लगा। जिन्न को पढ़ने में मजा आ रहा था। अध्यापक जिन्न को जो कुछ भी पढ़ाते, उसे जिन्न जरा सी देर में याद करके सुना देता।

अब अध्यापक बहुत परेशान हो गए। उन्होंने जितना अपनी सारी उम्र में पढ़ा था, उतना जिन्न ने आठ दिन में ही पढ़ लिया। अब उनको चिंता सताने लगी कि जिन्न को क्या पढ़ाएँगे।

अगले दिन अध्यापक जिन्न के पास गए और चाँदी के बाईस सिक्के लौटाते हुए बोले, ''मैंने अपनी फीस के आठ सिक्के रख लिये हैं। बाकी सिक्के तुम वापस ले लो। जितना मुझे आता था, वह सब मैंने तुम्हें पढ़ा दिया।''

उनकी बात सुनकर जिन्न क्रोधित होकर बोला, ''मैं कभी भी दिए हुए पैसे वापस नहीं लेता। आपको मुझे पूरे तीस दिन ही पढ़ाना होगा,

वरना मेरे साथ इस पेड़ पर बाकी बाईस दिन तक रहो।''

जिन्न की बात सुनकर अध्यापक डर गए और बोले, ''अच्छा, ठीक है, मैं कल सुबह तुम्हें पढ़ाने जरूर आ जाऊँगा। मुझे अब तो घर जाने दो।''

जिन्न के चंगुल से छूटकर अध्यापक घर आकर बिस्तर पर लेट गए। भय के कारण उनको बुखार चढ़ गया। बिस्तर पर लेटते ही अध्यापक को नींद आ गई। सपने में उनको एक परी दिखाई दी। परी ने अध्यापक की चिंता का कारण पूछा तो वे बोले, ''आप कौन हैं? अब यह जिन्न मुझे जीवित नहीं छोड़ेगा। मुझे जिन्न से छुटकारा पाने का कोई उपाय बता दीजिए।''

परी ने अध्यापक के सिर पर इस प्रकार छड़ी घुमाई कि वे तुरंत प्रसन्न हो गए। तभी अध्यापक की आँखें खुल गईं और वे नींद से जाग गए। अध्यापक ने देखा कि वहाँ पर परी नहीं थी।

दूसरे दिन जब अध्यापक जिन्न को पढ़ाने गए तो बहुत खुश थे। उन्हें देखकर जिन्न बोला, ''अध्यापकजी, जल्दी पढ़ाओ, मैंने कल भी पढ़ाई नहीं की। अब मैं जल्दी-जल्दी पढ़ना चाहता हूँ।''

अध्यापक बोले, ''एक और एक कितने होते हैं?''

''दो!'' जिन्न बोला।

''अच्छा, दो और दो?''

''चार!''

"चार और चार?"

"आठ।" जिन्न बोला।

"ठीक है, अब हर संख्या के जोड़ को उसी के साथ जोड़ते जाओ। जब गिनती पूरी हो जाए तो मुझे बता देना। फिर मैं तुम्हें नया पाठ पढ़ाऊँगा।"

"जी, अध्यापकजी।"

अब जब भी अध्यापकजी पेड़ के नीचे से निकलते तो जिन्न से पूछते–"क्या गिनती खत्म हो गई?" ऊपर से जिन्न कहता, "नहीं अध्यापकजी, अभी गिनती जोड़ रहा हूँ। जब गिनती पूरी हो जाएँगी तब आपको बता दूँगा।"

जिन्न का जवाब सुनकर अध्यापकजी खुश होकर चले जाते। इस प्रकार जिन्न परी की मदद से गिनती जोड़ता ही रह गया। उसने फिर कभी अध्यापक से पढ़ाने के लिए नहीं कहा।

फल और सिक्के

गोपाल गाँव का भोला लड़का था। एक दिन वह नहा-धोकर अपनी फलों की दुकान पर जाकर बैठ गया। तभी अचानक उसने लकड़ी की पेटी खोली और सिक्के गिनने लगा। जब भी वह सिक्के गिनता, हर बार उसका एक-एक सिक्का बढ़ जाता था। यह देखकर गोपाल को बहुत आश्चर्य हो रहा था।

गोपाल ने अपनी दुकान बंद की और लकड़ी की पेटी लेकर नदी की ओर भागने लगा। उसे धीरे-धीरे लकड़ी की पेटी का वजन बढ़ता हुआ महसूस हो रहा था। गोपाल ने एक पेड़ के नीचे गड्ढा खोदकर उस पेटी को दबा दिया। अब वह अपने मन में सोचने लगा कि शायद पेटी सिक्कों से पूरी भर चुकी होगी।

गोपाल ने चैन की साँस ली और पेड़ की ठंडी छाया में आराम करने बैठ गया। तभी एक परी बुढ़िया के भेष में आकर खड़ी हो गई और बोली, ''क्यों भई, मेरी बात सच निकली या नहीं?''

कल रात को यह बुढ़िया गोपाल की दुकान पर फल खरीदने आई थी। गोपाल उस समय दुकान बंद करके घर जाने की तैयारी कर रहा था। तब बुढ़िया ने गोपाल से कहा था, 'मुझे बहुत भूख लगी है। क्या तुम मुझे एक फल खाने के लिए दे सकते हो?'

'सेब और केले के लिए एक सिक्का, अनार और पपीते के लिए दो सिक्के देने पड़ेंगे।' गोपाल बोला।

बुढ़िया ने कहा, 'मुझे बहुत भूख लग रही है, किंतु मेरे पास पैसे नहीं हैं। मेरा मन फल खाने के लिए तरस रहा है।'

गोपाल क्रोधित होकर बोला, "आज न जाने कितने लोग मुफ्त में खाने के लिए आ चुके हैं। दुकान बंद करने का समय हो गया है और यह बुढ़िया भी मुफ्त के फल खाने के लिए यहाँ आ गई। हमें फल मुफ्त में नहीं मिलते। हमें पैसे देकर खरीदने पड़ते हैं। जिस दिन मेरे पैसे फल देने लगेंगे, उस दिन तुम भी मुफ्त में फल खाने आ जाना।"

बुढ़िया ने हँसकर कहा था, 'यह कौन सी बड़ी बात है। यदि मैं चाहूँ तो तुम्हारे पैसे आज ही फल देने लगेंगे। लेकिन पहले एक फल तुम मुझे खिला दो।'

गोपाल ने मना करते हुए कहा था, 'अम्मा, तुम्हारे जैसे बातूनी मैंने बहुत देखे हैं। जब मेरे पैसे फल देने लगेंगे, तब ही मैं तुम्हें फल दूँगा।' इतना कहकर गोपाल ने दुकान का दरवाजा बंद कर दिया था।

गोपाल के सिक्के बुढ़िया के भेष में परी ने ही बढ़ाए थे। बुढ़िया को देखकर गोपाल बोला था, 'अम्मा, जब से तुम मेरी दुकान से गई हो, तब से एक भी ग्राहक नहीं आया। तुम पैसे बढ़ने की बात कह रही थीं। तुम कहीं और जाकर अपना जादू चलाओ, मैं तुम्हारी बातों में आने वाला नहीं हूँ।'

गोपाल की बातें सुनकर बुढ़िया मायूस होकर वहाँ से चली गई। उसके जाने के बाद गोपाल ने गड्ढा खोदकर अपनी लकड़ी की पेटी निकाल ली। जब उसे खोलकर देखा तो उसमें सड़े-गले फल भरे हुए थे और एक भी सिक्का नहीं था।

अब गोपाल को पछतावा होने लगा कि उसने बुढ़िया से झूठ क्यों बोला। यदि वह झूठ नहीं बोलता तो शायद उसका नुकसान नहीं होता। दुकान में इतने सारे फल थे, यदि वह बुढ़िया को दो-चार फल दे देता तो क्या बिगड़ जाता। गोपाल ने बुढ़िया को गाँव में खोजा, किंतु वह उसे कहीं भी नहीं मिली।

गोपाल आखिर कब तक अपनी दुकान बंद रखता। दूसरे दिन मंडी से ताजे फल लाकर उसने दुकान में सजा लिये। तभी एक लड़की फिर आ गई। उसने कुछ सेब और बेर लेकर गोपाल को एक सिक्का देते हुए कहा, "मेरे पास और पैसे नहीं हैं।" गोपाल ने सोचा कि कभी वही बुढ़िया लड़की का भेष बदलकर तो नहीं आ गई। इसलिए गोपाल ने सारे फल एक सिक्के में ही दे दिए। वह लड़की खुश होकर बोली, "भइया, तुम एक दिन बहुत बड़े आदमी बनोगे।"

गोपाल का अनुमान बिलकुल सही था, वास्तव में वही परी गोपाल की परीक्षा लेने के लिए लड़की के रूप में आई थी।

गोपाल बुढ़िया की प्रतीक्षा कर रहा था। किंतु वह नहीं आई। दुकान बंद करके गोपाल घर जा रहा था कि एक छोटा बच्चा सड़क पर बैठा रो

रहा था। गोपाल को उस पर दया आ गई। गोपाल ने उसे कई फल खाने के लिए दिए। अब गोपाल ने यह नियम बना लिया था कि रोज रात को बचे हुए फल दुकान के बाहर रख देता था।

गोपाल को अब भी उसी बुढ़िया का इंतजार था। वह उसे जी भरकर फल खिलाना चाहता था। गोपाल सोच रहा था कि वह बुढ़िया से फल देने वाले उस सिक्के का राज जान लेगा। एक बार यदि मेरे सिक्के बढ़ने लगें तो मुझे कभी काम नहीं करना पड़ेगा। जो कोई भी गोपाल की दुकान पर बिना पैसे के फल खाने आता, वह सबको जी भरकर फल खिला देता था। पता नहीं कब बुढ़िया भेष बदलकर आ जाए।

मुफ्त में फल खिलाने से गाँव में गोपाल की बहुत प्रशंसा होने लगी

थी। सब यही कहते थे कि गोपाल का दिल बहुत बड़ा है। हम तो उसकी दुकान से ही फल खरीदेंगे। गाँव का जमींदार भी रोज उसकी दुकान से ही बिना मोल भाव के बहुत सारे फल ले जाता था। अचानक गोपाल की दुकान की बिक्री बढ़ गई।

गोपाल थोड़े से फल प्रतिदिन गरीबों को मुफ्त में जरूर खिलाता था। अब गोपाल को न तो गुस्सा आता था और न ही वह कंजूसी करता था।

बहुत दिन बीत जाने पर वही बुढ़िया आकर बोली, ''गोपाल, क्या फल खिलाओगे?'' गोपाल ने हँसकर कहा, ''अम्मा, जितने चाहो, फल खा लो।''

बुढ़िया ने कहा, ''क्या अब भी तुम मुझसे फलों के पैसे लोगे?''

गोपाल बोला, ''नहीं अम्मा, अब मैं आपसे फलों के पैसे नहीं लूँगा। अब मेरा काम मुझे फल देने लगा है। तुमसे झूठ बोलने के बाद मेरी तो जिंदगी ही बदल गई। मुझे इज्जत, मान-सम्मान पैसे से अधिक मिल रहा है। उस दिन यदि मेरे पैसे बढ़ जाते तो मैं कामचोर और आलसी हो जाता। अब मुझे तुम्हारे जादू की भी जरूरत नहीं है।''

गोपाल की बातें सुनकर बुढ़िया परी के रूप में बदल गई और गोपाल की पेटी में एक सिक्का डाल दिया। अब गोपाल मेहनती और दयालु बन चुका था। परी गोपाल को आशीर्वाद देती हुई अदृश्य हो गई।

मेढक का वरदान

एक गाँव में एक जमींदार रहता था। उसकी दयालुता की चर्चा आस-पास के गाँवों में भी फैली हुई थी। जब भी कोई मुसीबत में होता तो जमींदार से सहायता माँगने चला आता था। जमींदार ज़रूरतमंदों की हर तरह से मदद करता था। गाँव के लोग जमींदार का बहुत आदर करते थे।

वैसे तो जमींदार के पास सभी सुख-सुविधाएँ थीं, किंतु संतानहीनता का दुःख उसे खाए जा रहा था। पूजा-पाठ, यज्ञ-हवन सबकुछ किया, लेकिन जमींदार को संतान की प्राप्ति नहीं हुई। जमींदार को यह लगने लगा कि वह संतानहीन ही मर जाएगा।

एक दिन जमींदार की पत्नी सुलोचना ने रोते हुए कहा, ''स्वामी, आपका दुःख देखकर मेरा कलेजा मुँह को आने लगता है। मैं चाहती हूँ कि आप दूसरा विवाह कर लीजिए। मुझे आपकी खुशी चाहिए। मैं भी आपके चरणों में पड़ी रहूँगी।''

सुलोचना को जमींदार बहुत प्यार करता था। पत्नी की बात सुनकर जमींदार को बहुत दुःख हुआ। पत्नी के हठ के आगे जमींदार की एक न चली और उसे दूसरे विवाह के लिए हाँ कहनी पड़ी।

एक दिन जमींदार बाग में घूम रहा था कि उसे एक सुंदर युवती

दिखाई दी, जो एक पेड़ के नीचे बैठी रो रही थी।

स्त्री जमींदार को देखकर बोली, "मैं एक राजकुमारी हूँ। मुझे कुछ याद नहीं कि मैं कहाँ से आई हूँ और किसकी पुत्री हूँ।" युवती के रूप-सौंदर्य पर जमींदार मोहित हो गया और बड़ी धूमधाम से उसके साथ विवाह रचा लिया।

जमींदार ने अपनी नई पत्नी का नाम रूपसुंदरी रख दिया। जमींदार नई पत्नी के प्रेम में फँसकर सुलोचना को बिलकुल भूल गया। वह सुलोचना का जरा भी ध्यान नहीं रखता था। सुलोचना रूपसुंदरी को छोटी बहन की तरह ही प्रेम करती थी। जबकि रूपसुंदरी सुलोचना से ईर्ष्या करती और उसमें अवगुण खोजती रहती थी।

रूपसुंदरी के विवाह को कई वर्ष बीत गए। रूपसुंदरी के भी कोई संतान नहीं हुई। अब रूपसुंदरी को चिंता सताने लगी कि कहीं जमींदार सुलोचना के पास न चला जाए। धीरे-धीरे रूपसुंदरी की सुंदरता का जादू कम होने लगा।

एक दिन जमींदार ने सुलोचना को अँगूठी भेंट करते हुए कहा था, "तुम जिस दिन इस अँगूठी को अपनी अंगुली से निकाल दोगी, उस दिन मैं समझूँगा कि मेरे लिए तुम्हारे दिल में कोई जगह नहीं है।"

सुलोचना को जमींदार की दी हुई वह अँगूठी जान से भी अधिक प्रिय थी। दुर्भाग्य से सुलोचना के हाथ से वह अँगूठी कुएँ में गिर गई। अँगूठी खोने से सुलोचना बहुत परेशान हो गई। तभी कुएँ में से एक

मेढक बोला, ''चिंता मत करो। मैं तुम्हारी अँगूठी निकाल सकता हूँ। परंतु तुम्हें मेरी एक शर्त माननी पड़ेगी। आज के बाद मैं तुम्हारे साथ ही रहूँगा। खाते-पीते, सोते-जागते हर समय तुम्हारे पास रहूँगा। यदि मेरी शर्त मंजूर है तो कहो, मैं तुम्हारी अँगूठी अभी निकाल देता हूँ।'' इतना कहकर मेढक चुप हो गया।

अँगूठी प्राप्त करने का सुलोचना के पास दूसरा कोई उपाय नहीं था। इसलिए उसने मेढक की शर्त स्वीकार कर ली। मेढक ने शीघ्र ही सुलोचना को अँगूठी लाकर दे दी और सुलोचना मेढक को अपने साथ घर ले आई।

सुलोचना के साथ मेढक को देखकर रूपसुंदरी को बहुत आश्चर्य हुआ। अब रूपसुंदरी ने सुलोचना के विरुद्ध जमींदार के कान भरने शुरू कर दिए।

जब मेढक सुलोचना के साथ खाना खाने लगता तो वह भूखी ही रह जाती। जब मेढक सुलोचना के बिस्तर पर चढ़ जाता तो उसे बहुत डर लगता। एक दिन मेढक सुलोचना के शरीर पर चढ़ गया तो उसने मेढक की टाँग पकड़कर दीवार पर दे मारा।

दीवार पर लगते ही मेढक ने एक महापुरुष का रूप धारण कर लिया। वह महापुरुष बोला, ''हे देवी, मुझे एक दुष्ट जादूगर ने मेढक बना दिया था। आपने मुझे तुच्छ जीवन से मुक्ति दिलाई है। मैं जानता हूँ कि तुम्हारे कोई संतान नहीं है। इसलिए तुम दुःखी रहती हो। अब तुम्हें

दु:खी रहने की आवश्यकता नहीं है। तुम्हें शीघ्र ही संतान की प्राप्ति होगी।'' इतना कहकर वह महापुरुष अदृश्य हो गया।

धीरे-धीरे वह समय भी आ गया जब सुलोचना गर्भवती हुई। जमींदार खुशी-खुशी सुलोचना के पास आया और उससे क्षमा माँगी। जमींदार रूपसुंदरी को छोड़कर सुलोचना के पास ही रहने लगा।

सुलोचना के गर्भवती होने के समाचार से रूपसुंदरी ईर्ष्या की अग्नि में जली जा रही थी। सुलोचना ने एक कन्या को जन्म दिया। किंतु रूपसुंदरी ने कन्या के स्थान पर एक मेढक का बच्चा रख दिया और कन्या को संदूक में बंद करके नदी में बहा दिया। यह नीच कर्म रूपसुंदरी ने ही किया था, जोकि जमींदार की दूसरी पत्नी थी।

मेढक की बात सुनकर जमींदार व्याकुल हो उठा। वह इस बात को गहराई तक जानने के लिए एक पहुँचे हुए साधु के पास गया। साधु ने ध्यान लगाकर बताया कि उसके यहाँ कन्या ने जन्म लिया और वह जीवित है।

जमींदार अपनी कन्या को देखने के लिए व्याकुल हो गया। जमींदार के पूछने पर साधु ने कहा, ''तुम्हारी कन्या को एक चील उठाकर ले गई और उसने अपने बच्चे की तरह से उसका पालन-पोषण किया है। यहाँ से बीस मील दूर एक बरगद के पेड़ पर उस चील का घोंसला है। उसी में तुम्हारी कन्या आराम से रहती है।'' वह चील किसी राज्य की महारानी है। किसी जादूगरनी ने उसे चील बना दिया है। उसी

घोंसले में चील का एक बच्चा भी है, जो अब जवान हो चुका है। वह भी एक राजकुमार है, जो जादूगरनी के प्रभाव से चील का बच्चा बना हुआ है। दोनों में से किसी एक को जादू से मुक्ति दिला सकते हो। राजकुमारी की अंगुली से रक्त की तीन बूँदें चील के बच्चे की आँख में डालने से वह राजकुमार बन जाएगा। राजकुमार के साथ अपनी कन्या का विवाह करके दोनों को अपने साथ रख लेना। ऐसा करने से तुम्हारे सभी दुःख दूर हो जाएँगे।'' इतना कहकर साधु चुप हो गया। जैसा साधु ने कहा था, जमींदार ने वैसा ही किया।

साधु की आज्ञा से जमींदार ने बड़ी धूमधाम से अपनी कन्या का विवाह राजकुमार के साथ कर दिया। जमींदार ने बेटी और दामाद को हमेशा के लिए अपने पास ही रख लिया।

वह चील जमींदार की छत पर रहने लगी। सुलोचना और जमींदार अपनी पुत्री और दामाद को देखकर बहुत प्रसन्न होते थे।

जमींदार अपने पिछले सभी दुःखों को भूल गया था। अब उसके जीवन में सुख-ही-सुख थे।

मटके का जादू

एक गाँव में गरीब बुढ़िया रहती थी। वह घरों में बरतन माँजकर अपना और रामू का पेट भरती थी। रामू उसका इकलौता पुत्र था। अपनी माँ को घरों में काम करते देखकर रामू को बहुत दुःख होता था। रामू की माँ उम्र के आखिरी पड़ाव पर पहुँच चुकी थी, बीमारी की हालत में फिर भी उसे रोज काम पर जाना पड़ता था।

रामू की माँ बहुत बुद्धिमान थी। वह हर महीने अपनी आय में से कुछ-न-कुछ जरूर बचाती थी। इस प्रकार उसने साठ रुपए जोड़ लिये।

बुढ़िया ने रामू से कहा, ''बेटा, अब मुझसे काम नहीं हो पाता। पता नहीं कब इस संसार में तुझे अकेला छोड़कर भगवान् के पास चली जाऊँ। मैंने एक-एक रुपया जोड़कर साठ रुपए जमा किए हैं। तू बीस रुपए ले जा और कोई कारोबार शुरू कर ले।''

रामू बहुत दयालु और ईमानदार था। वह बीस रुपए लेकर मेले में चला गया। मेले में अनेक वस्तुओं की बिक्री हो रही थी। वह सब दुकानों पर घूमा, परंतु उसे ऐसी कोई वस्तु नहीं मिली, जिसके द्वारा वह कोई काम-धंधा शुरू कर सके।

मेले में घूमता हुआ रामू पशुओं की दुकान पर पहुँच गया। वहाँ छोटे-बड़े सभी पशु बेचे जा रहे थे। रामू ने देखा कि एक कसाई वहाँ पर

आया और उसने बहुत सारी बकरियाँ खरीद लीं। बकरियाँ जोर-जोर से मिमियाने लगीं, लेकिन कसाई को उन पर जरा भी दया नहीं आई। कसाई बकरियों को घसीटकर कसाईखाने की ओर ले गया।

रामू ने देखा कि एक बकरी इतनी कमजोर थी कि वह ठीक से खड़ी भी नहीं हो पा रही थी। चलते समय बार-बार गिर रही थी। कसाई क्रोध के कारण हाथ में छुरा लेकर उस बकरी को मारने के लिए दौड़ा। रामू को इस बकरी पर दया आ रही थी।

रामू जानता था कि कसाई बकरियों को मारकर उनका मांस बेचेगा। रामू ने कसाई से कहा, "यदि तुम चाहो तो इस बकरी को मुझे बीस रुपए में बेच दो। वह बहुत कमजोर है। इस पर दया करो।"

वह कमजोर बकरी कसाई के किसी काम की नहीं थी। कसाई ने रामू से बीस रुपए लेकर वह बकरी दे दी।

रामू बीस रुपए में दुबली-पतली बकरी उठाकर घर ले आया। बकरी को देखकर रामू की माँ को बहुत गुस्सा आया। उसने रामू को बहुत डाँटा। रामू ने माँ की बात का कोई उत्तर नहीं दिया। रामू सच्चे मन से दिन-रात बकरी की सेवा करने लगा।

रामू की माँ को वह बकरी जरा भी अच्छी नहीं लगती थी। उसने दूसरे दिन रामू से कहा, "बेटा, ये बीस रुपए ले लो और इस बार सोच-समझकर ही कोई चीज खरीदना। किसी बेकार चीज को खरीदने में रुपए खराब मत करना।"

रामू माँ की बात मानकर बीस रुपए लेकर बाजार चल दिया। रामू ने देखा कि नदी के किनारे एक मछुआरा मछली पकड़ रहा था। उसके जाल में केवल एक ही सुनहरे रंग की मछली फँसी। उस मछली को देखकर मछुआरा रोते हुए बोला, ''खाने के लिए आज घर में अन्न का एक दाना भी नहीं है और महाजन का ब्याज भी देना है।''

रामू को मछुआरे पर दया आ गई। रामू ने उस मछुआरे से कहा, ''भाई, ये बीस रुपए रख लो और यह सुनहरी मछली मुझे दे दो।''

मछुआरे ने रामू को मछली दे दी। रामू बीस रुपए के बदले में मछली लेकर घर लौट आया।

माँ के पूछने पर रामू ने कहा, ''माँ उस मछुआरे को रुपयों की बहुत जरूरत थी, यदि मैं बीस रुपए में उससे यह मछली नहीं खरीदता तो मछुआरे के परिवार को भूखा ही रहना पड़ता।''

माँ ने रामू को बहुत डाँटा। लेकिन रामू ने माँ की बात का तनिक भी बुरा नहीं माना। रामू ने एक बरतन में पानी लेकर उस मछली को डाल दिया। मछली पानी में तैरने लगी। रामू की माँ को बकरी और मछली दोनों ही अच्छी नहीं लग रही थीं।

एक दिन रामू की माँ बीमार पड़ गई। उसने रामू को अपने पास बुलाकर बीस रुपए देते हुए कहा, ''बेटा, अब मैं कोई काम नहीं कर सकती। अब इन बीस रुपयों के अलावा मेरे पास कुछ भी नहीं है। तुम इन रुपयों से कोई काम-धंधा करो, जिससे हम दोनों का पेट भर सके।

यदि इस बार भी तुम कोई बेकार चीज खरीदकर लाए तो हम दोनों को भूखों ही मरना पड़ेगा।''

रामू बीस रुपए लेकर बाजार चल दिया। रास्ते में उसे एक बुढ़िया के भेष में एक परी मिली, जो फूट-फूटकर रो रही थी।

रामू ने कहा, ''माई, तुम्हें क्या कष्ट है और तुम क्यों रो रही हो?''

बुढ़िया ने कहा, ''बेटा, चार दिन से मेरे पेट में अन्न का एक दाना भी नहीं गया। अब तुम्हीं बताओ, मैं क्या करूँ? बस अब मेरे पास बेचने के लिए यह एक मटका ही बचा है।''

रामू ने अंतिम बीस रुपए देकर बुढ़िया से वह मटका खरीद लिया। मटके की कीमत एक रुपया थी। बुढ़िया बीस रुपए लेकर खुश होकर अपने घर चली गई।

रामू जब मटका लेकर घर गया तो उसकी माँ को बहुत दुःख हुआ। वह बहुत रोई, किंतु रोने से रुपए वापस आने वाले नहीं थे। धीरे-धीरे घर के सारे बरतन बिक गए। अब माँ-बेटे के भूखों मरने की नौबत आ गई। रामू बकरी को भरपेट घास भी नहीं खिला पाता था।

एक दिन रामू बहुत उदास बैठा था। तभी उसे एक आवाज सुनाई दी-''रामू, तुम किसलिए उदास हो?''

रामू ने चारों ओर देखा तो उसे बकरी, मछली और मटके के अलावा कोई दिखाई नहीं दिया। तभी बकरी रामू के पास आकर बोली, ''रामू, मैं ही बोल रही हूँ। मुझे बताओ तुम क्यों उदास हो?''

रामू बोला, "घर में अन्न का एक दाना भी नहीं है। घर के बरतन भी बिक चुके हैं। मेरी माँ बिस्तर से उठ भी नहीं सकती, वह बहुत बीमार है, मैं कोई काम नहीं करता। तुम्हीं बताओ, मैं क्या करूँ?"

बकरी ने कहा, "रामू, तुम कहीं से लाकर मुझे एक किलो दूध पिला दो। फिर मेरा दूध निकालकर रात के अँधेरे में कहीं रख देना। सुबह मेरा दूध सोने में बदल जाएगा। उस दूध को तुम पाँच दीनार में जाकर राजा को बेच देना। पाँच दीनार से अधिक मत लेना। क्योंकि अधिक लालच करना ठीक नहीं है।"

दूसरे दिन रामू ने बाजार से लाकर एक किलो दूध बकरी को पिला दिया। फिर बकरी का दूध निकाला और रात को अँधेरे में रख दिया। सुबह दूध सोने में बदल गया तो उसे राजा को पाँच दीनार में बेच दिया।

अब रामू रोज यही काम करता था। धीरे-धीरे रामू गाँव का सबसे अमीर व्यक्ति बन गया। रामू प्रत्येक दुःखी और जरूरतमंद की मदद करता था। रामू की दयालुता की चर्चा दूसरे गाँवों में भी होने लगी।

एक दिन रामू खाना खा रहा था कि उसके कानों में एक सुरीली आवाज सुनाई पड़ी-"रामू ओ रामू, मैं मछली बोल रही हूँ। मुझे यहाँ आए बहुत समय हो गया है। मुझे अपने माता-पिता की याद आ रही है, तुम मुझे नदी में छोड़ आओ। जब भी तुम्हें मेरी आवश्यकता हो, तुम तीन बार मछली रानी, मछली रानी पुकार देना, मैं तुम्हारी मदद करने जरूर आ जाऊँगी।" इतना कहकर मछली चुप हो गई।

रामू बहुत ही दयालु था। वह मछली को तुरंत नदी में छोड़ आया। कुछ समय बाद वर्षा न होने के कारण नदी-नाले, तालाब सब सूख गए। गरमी के कारण जमीन भी चटखने लगी। पूरे देश में अकाल पड़ गया। पशु-पक्षी पानी के बिना मरने लगे। लोग पानी की एक-एक बूँद के लिए तरस गए।

रामू के घर में भी पानी की एक बूँद नहीं थी। लोग पानी के अभाव में तड़प-तड़पकर मरने लगे। रामू की समझ में कुछ भी नहीं आ रहा था कि वह क्या करे। तभी उसके कानों में एक आवाज सुनाई पड़ी–"रामू, ओ रामू, तुम किसलिए उदास हो? मैं मटका बोल रहा हूँ। मुझे अपनी उदासी का कारण बताओ, हो सकता है मैं तुम्हारी कोई मदद कर सकूँ।" इतना कहकर मटका चुप हो गया।

रामू बोला, ''वर्षा न होने के कारण इस समय हमारे देश में अकाल पड़ा हुआ है। लोग पानी के बिना तड़प-तड़पकर मर रहे हैं।''

मटका बोला, ''रामू तुम्हें चिंता करने की कोई जरूरत नहीं है। तुम कहीं से भी मेरे अंदर पानी की एक बूँद लाकर डाल दो। फिर मेरा कमाल देखना। हमारे देश में कोई भी प्यासा नहीं रहेगा। शीघ्र ही अकाल दूर हो जाएगा।''

रामू की समझ में यह नहीं आ रहा था कि वह पानी की एक बूँद कहाँ से लाए। तभी रामू को मछली की याद आ गई। मछली ने जाते समय रामू की सहायता करने का वचन दिया था।

जैसे ही रामू ने 'मछली रानी, मछली रानी' कहकर उसे तीन बार पुकारा, तो मछली उड़ती हुई रामू के पास आकर बोली, ''रामू, मैं सब जानती हूँ, तुम्हें चिंता करने की जरूरत नहीं है। लाओ, मटका मेरे पास ले आओ।''

रामू तुरंत मटका मछली के पास ले गया। मछली ने अपना मुँह खोलकर पानी की दो-चार बूँदें मटके के अंदर डाल दीं और फिर वहाँ से चली गई।

रामू यह देखकर हैरान रह गया कि मटका पानी से ऊपर तक भर गया और पानी मटके से बाहर बहने लगा। तभी मटके में से आवाज आई, ''मुझे उठाकर बरामदे में रख दो। लेकिन पानी के लिए किसी को मना मत करना। अब पानी का संकट हमेशा के लिए दूर हो जाएगा।''

रामू ने मटके को बरामदे में रख दिया। पानी मटके से निकलकर पूरे गाँव में फैलने लगा। सूखा और अकाल शीघ्र ही समाप्त हो गया।

धीरे-धीरे यह खबर राजा तक पहुँच गई। राजा ने रामू से वह जादू का मटका ले लिया और मटके के बहते हुए पानी से देश का अकाल दूर कर दिया। राजा ने खुशी से रामू को गले से लगाया और राजकुमारी से रामू का विवाह करके उसे आधा राज्य दे दिया।

सात बौने

बहुत समय पहले की बात है। एक महल में राजा-रानी बहुत ही प्रेम से रहते थे। दुर्भाग्य से उनके कोई संतान नहीं थी। एक दिन रानी अपने कमरे की खिड़की में खड़ी थी कि उसकी अंगुली में काँटा चुभ गया और रक्त निकलने लगा।

खून की बूँदें खिड़की के बाहर बर्फ पर गिर गईं। बर्फ पर पड़ी हुई खून की बूँदें बहुत अच्छी लग रही थीं। तभी रानी सोचने लगी–काश! मेरे एक बेटी हो, जिसका रंग बर्फ के समान सफेद और होंठ रक्त के समान लाल हों। उसके बाल आबनूस के सामन काले हों और जो देखने में बिलकुल परी के समान सुंदर हो।

भगवान् ने रानी की पुकार सुन ली। रानी ने एक पुत्री को जन्म दिया, जो देखने में बहुत सुंदर थी। परी के समान सुंदर पुत्री को पाकर रानी बहुत खुश हुई। रानी ने प्यार से अपनी बेटी का नाम स्नोह्वाइट रखा।

कुछ दिन बाद ही रानी का देहांत हो गया। उस समय स्नोह्वाइट बहुत छोटी थी। रानी की मौत का गम और स्नोह्वाइट के पालन-पोषण की चिंता से राजा बहुत उदास रहने लगा।

दरबारियों के कहने पर राजा ने दूसरा विवाह कर लिया। राजा की दूसरी पत्नी बहुत सुंदर थी। उसे अपनी सुंदरता पर बहुत घमंड था। वह

हमेशा एक जादुई आईना रखती थी। रानी आईने के सामने खड़ी होकर कहती थी, ‘‘आईने बोल, इस संसार में सबसे सुंदर कौन?’’

आईना कहता, ‘‘तुम ही इस दुनिया में सबसे सुंदर हो।’’

एक दिन जब रानी ने पूछा तो आईना बोला, ‘‘रानी, तुम सुंदर तो हो, लेकिन स्नोह्वाइट तुम से अधिक सुंदर है।’’

आईने की बात सुनकर रानी क्रोधित हो गई। रानी ने तुरंत शिकारियों को आदेश दिया कि स्नोह्वाइट को जंगल में ले जाकर मार डालो और स्नोह्वाइट का दिल मुझे लाकर दो, ताकि मुझे विश्वास हो जाए कि स्नोह्वाइट अब इस दुनिया में नहीं है।

शिकारी जब स्नोह्वाइट को मारने के लिए जंगल में लेकर गए तो उनके मन में दया आ गई। शिकारियों ने स्नोह्वाइट को मारने का इरादा बदल दिया और एक भालू को मारकर उसका दिल लाकर रानी को दे दिया।

रानी ने समझा कि अब स्नोह्वाइट मर चुकी है और उससे सुंदर इस दुनिया में कोई नहीं है। अपने को सबसे सुंदर समझकर रानी मन-ही-मन बहुत प्रसन्न हो रही थी।

स्नोह्वाइट ने सोचा कि अब महल में उसकी जान को खतरा है, इसलिए उसने जंगल में ही रहने का निर्णय कर लिया। लेकिन जंगल में जंगली जानवरों का खतरा था। स्नोह्वाइट रहने के लिए कोई सुरक्षित स्थान खोजने लगी। जंगल में इधर-उधर भटकते हुए स्नोह्वाइट को शाम भी हो गई।

तभी स्नोह्वाइट को एक घर दिखाई दिया। वह उस घर में चली गई। उसने देखा कि घर में कोई नहीं था। स्नोह्वाइट ने घर में इधर-उधर घूमकर देखा, वहाँ की हर चीज साफ-सुथरी और करीने से रखी हुई थी। सभी चीजें बहुत छोटी-छोटी थीं।

एक छोटी मेज पर सफेद कपड़ा बिछा हुआ था। उस पर सात तश्तरी, सात चम्मच, सात चाकू, सात काँटे और सात कप रखे हुए थे। कमरे में एक ओर छोटे-छोटे बिस्तर बिछे हुए थे। उस समय स्नोह्वाइट को बहुत तेज भूख लग रही थी। उसने सभी प्लेटों में से थोड़ी सब्जी और एक-एक रोटी निकालकर खा ली। सभी कपों में से थोड़ा-थोड़ा शरबत पीकर आराम से बिस्तर पर लेट गई। वह बहुत अधिक थकी हुई थी। आरामदायक बिस्तर होने के कारण स्नोह्वाइट को लेटते ही नींद आ गई।

कुछ देर बाद वहाँ पर सात बौने आ गए। जब उन्होंने स्नोह्वाइट को सोते हुए देखा तो उनको उस पर दया आ गई। सुबह बौनों ने स्नोह्वाइट से पूछा, ''तुम कौन हो, कहाँ से आई हो और इस जंगल में अकेली क्या कर रही हो?''

स्नोह्वाइट की दु:ख भरी कहानी सुनने के बाद बौनों ने उसे अपने घर में रहने की इजाजत दे दी। बौने स्नोह्वाइट के साथ बहुत ही प्रेम से रहते थे और उसे खुश रखने की कोशिश करते थे।

रानी को इस बात पर बहुत अभिमान था कि वह संसार में सबसे सुंदर है। एक दिन फिर उसने जादुई आईने से पूछा, ''आईने बोल, इस

संसार में मुझसे सुंदर कौन है?''

जादुई आईना बोला, ''फूलों सा चेहरा, कलियों सी मुसकान है,
स्नोव्हाइट की बातें सुनकर बौने भी हैरान हैं।
नाजों से पालें जिसको, वह तो उनकी जान है,
सुंदरता की मूरत है वह, जिससे तू अनजान है।''

जादुई आईने की बातें सुनकर रानी क्रोधित हो गई। दुष्ट रानी ने स्नोव्हाइट को मारने के लिए बहुत कोशिश की, परंतु बौने हमेशा उसे बचा लेते थे, लेकिन रानी ने भी स्नोव्हाइट को मारने का दृढ़ निश्चय कर लिया था।

एक दिन रानी ने फेरीवाली का भेष बनाया। एक सेब को जहर में डुबोकर बौनों के घर के आस-पास जोर से आवाज लगाने लगी, ''सेब ले लो, मीठे सेब ले लो।''

फेरीवाली की आवाज सुनकर भी स्नोव्हाइट घर से बाहर नहीं आई। रानी बहुत ही दुष्ट थी। उसने जहरवाला सेब स्नोव्हाइट को खिड़की में से ही दिखा दिया। स्नोव्हाइट ने खिड़की में से वह सेब ले लिया।

जैसे ही स्नोव्हाइट ने सेब को एक दाँत से काटा तो वह बेहोश होकर जमीन पर गिर पड़ी। जब स्नोव्हाइट के शरीर में कोई हलचल न रही तो दुष्ट रानी ने उसे मरा हुआ समझ लिया और अपने महल में चली गई।

जब रात को बौने घर आए तो उन्होंने स्नोव्हाइट को जमीन पर पड़े

हुए देखा। उन्होंने स्नोह्वाइट को मरा हुआ समझ लिया। बौने स्नोह्वाइट को याद करके तीन दिन तक रोते रहे, लेकिन उसे दफनाने की हिम्मत बौनों में नहीं थी। स्नोह्वाइट के सुंदर गालों को देखकर ऐसा लग रहा था जैसे वह गहरी नींद में सो रही हो।

अंत में बौने स्नोह्वाइट को काँच के ताबूत में लिटाकर पहाड़ी के ऊपर सूर्य के प्रकाश में ले गए। सभी बौने उस ताबूत की देखभाल करते थे। वे ताबूत को कभी भी अकेला नहीं छोड़ते थे।

एक दिन एक राजकुमार उधर से गुजर रहा था कि उसकी नजर उस ताबूत पर पड़ी। राजकुमार ने जब उस ताबूत में लेटी स्नोह्वाइट को देखा तो वह उस पर मोहित हो गया और मन-ही-मन उससे प्रेम करने लगा।

राजकुमार ने ताबूत को खोलकर स्नोह्वाइट को अपनी बाँहों में उठा लिया। तभी स्नोह्वाइट के मुख से जहरीले सेब का टुकड़ा निकल गया और स्नोह्वाइट ने तुरंत आँखें खोल दीं। यह देखकर बौने बहुत प्रसन्न हुए।

स्नोह्वाइट ने जब स्वयं को जवान और एक सुंदर राजकुमार की बाँहों में पाया तो वह मन-ही-मन बहुत प्रसन्न हुई। स्नोह्वाइट ने शर्म से आँखें झुका लीं और बौनों का धन्यवाद करते हुए राजकुमार के साथ चली गई। राजकुमार ने अपने माता-पिता की स्वीकृति से स्नोह्वाइट के साथ विवाह कर लिया।